# Peter Turrini
# Tod und Teufel
## Eine Kolportage

Luchterhand
Literaturverlag

 Umschlagentwurf: Max Bartholl / Foto von Peter Turrini auf Seite 1: Franz Hausner / Satz: Fotosatz Janß, Pfungstadt / Druck: Wagner GmbH, Nördlingen / Printed in Germany
ISBN 3-630-86906-8

# Tod und Teufel

Die Personen des Stückes –
in der Reihenfolge ihres Auftretens

Christian Bley, 43 Jahre, Pfarrer in einer Kleinstadt
Herr Gütersloh, 62 Jahre, der Mesner
Pater Manzetti, 36 Jahre, Sekretär des Bischofs
Rudi Hoffmann, 18 Jahre, Arbeitsloser
Wolfgang Berger, genannt »der schöne Wolf«, 40 Jahre, Schlepper in einem Sexlokal
Karin, 26 Jahre, Hure
12 ältere Männer, Besucher eines Sexlokals
Dr. Peter Wilferth, 29 Jahre, Wirt und arbeitsloser Akademiker
Alfred Schönwiese, 50 Jahre, Alkoholiker und ehemaliger Professor für Mathematik
Magda Schneider, 61 Jahre, Alkoholikerin und ehemalige Kassiererin in einem Supermarkt
Peter Paul Sänger, 32 Jahre, Journalist
Alma Hahn, 72 Jahre, ehemaliger Filmstar, ehemalige Schauspiellehrerin
Franz André Müller, 34 Jahre, Besitzer einer Werbeagentur
Walter Leschitzky, 52 Jahre, Waffenhändler
Evelyne Leschitzky, 19 Jahre, die magersüchtige Tochter des Waffenhändlers
Erwin Fischer, 39 Jahre, Minister für Landesverteidigung
20 Personen: Manager, Politiker, Modefriseure, Werbeleute, Anwälte. Alle in aberwitzigen Verkleidungen.
8 Jagdgehilfen im grünen Anzug, mit grünem Hut und Feder
1 Iraner als Leiche
2 Ägypter als Leichen
1 Türke als Leiche
1 syrischer Rosenverkäufer als Leiche

1 Kurde als Leiche
11 Personen: die höchsten Repräsentanten aus Politik und Wirtschaft in dunklen Anzügen
2 Bahnhofspolizisten, ein jüngerer und ein älterer
Stimme des Einsatzleiters

Die Rollen des Pater Manzetti, des Schleppers und des Waffenhändlers sollten von ein und demselben Schauspieler gespielt werden.

# 1. Szene

*Die Bühne ist völlig leer, und sie ist dunkel. Ein paar Lichtstrahlen fallen von oben herein, wie in einer Kathedrale oder in einem leeren Heustadel. Vorne, an der Rampe, hängt ein Galgenstrick mit Schlinge aus dem Schnürboden. Lange Zeit passiert nichts. Im Hintergrund erscheint eine Gestalt: ein fast nackter Mann, bekleidet mit einer etwas unvorteilhaften Unterhose. Er trägt einen Sessel und einen Kassettenrekorder mit sich. Er geht – langsam und lächelnd – bis nach vorne an die Rampe. Er stellt den Sessel und den Kassettenrekorder hin. Der Mann, es ist der Kleinstadtpfarrer Christian Bley, drückt die PLAY-Taste des Kassettenrekorders. Engelschöre erklingen. Er steigt auf den Sessel, legt sich die Schlinge um den Hals und schaut ins Publikum. Die Zeit vergeht.*

*Im Hintergrund der Bühne erscheinen zwei Männer: Herr Gütersloh, der alte Mesner, und Pater Manzetti, der Sekretär des Bischofs. Der Mesner trägt ein Priestergewand im Arm. Sie gehen langsam und vorsichtig auf Pfarrer Bley zu. Manzetti hält einen Teller mit Kirschen in der Hand.*

GÜTERSLOH Herr Pfarrer, könnten Sie wieder herunterkommen und das Gewand anziehen? Es gehört sich nicht.

*Schweigen. Pfarrer Bley schaut ins Publikum und rührt sich nicht.*

MANZETTI Ich bin Pater Manzetti, der Sekretär des Bischofs. Wollen wir miteinander reden?

*Schweigen. Pfarrer Bley schaut ins Publikum und rührt sich nicht.*

MANZETTI Was ist das Problem?

*Schweigen. Pfarrer Bley schaut ins Publikum und rührt sich nicht.*

MANZETTI Sie haben Ihr Theologiestudium mit vorzüglicher Qualifikation beendet. Sie haben drei Jahre in der Mission gearbeitet. Sie sind als Pfarrer in eine kleine Ortschaft gegangen und wurden anschließend in diese Kleinstadt versetzt. Abgesehen von Ihrer verzeihlichen Marotte, daß Sie sich oft tagelang einsperren und klassische Musik hören, hat Ihr Wirken nie Anlaß zur Klage gegeben, im Gegenteil. Ihre Jugendarbeit wurde vom Bischof mehrmals belobt. Ich liebe Kirschen. Lieben Sie Kirschen?

*Pater Manzetti hält Pfarrer Bley den Teller mit Kirschen hin. Bley rührt sich nicht.*

MANZETTI Die Kirsche ist die einzige Frucht, die man so ißt, wie sie wächst, quasi eins zu eins. Eine Orange muß man schälen, einen Apfel teilen, eine Birne ebenso, aber die Kirsche ... verstehen Sie mich nicht falsch, natürlich kann man die Himbeere, die Erdbeere, die Heidelbeere einzeln essen, aber es wäre nicht vernünftig, man ißt eben zwei oder drei oder mehrere Himbeeren oder Heidelbeeren auf einmal. Es kann auch vorkommen, daß jemand zwei oder drei Kirschen auf einmal ißt, aber es wäre die Ausnahme, eine unvernünftige noch dazu. Man soll die Kirsche auch nicht im Munde teilen, am besten ist es, man schluckt sie mit dem Kern, dadurch bleibt ihre Einmaligkeit bewahrt. Ein befreundeter Theologe hat mich darauf gebracht. Wir haben am nächsten Tage die Frage des Stuhlganges erörtert. In der Beschwerde des Kirchenbeirates an die Diözese heißt es, Sie hätten bei einer Ihrer letzten Predigten minutenlang stumm auf der Kanzel gestanden und hätten nur einen einzigen Satz von sich gegeben. Stimmt das?

*Schweigen. Pfarrer Bley nimmt den Kopf aus der Schlinge*

*und steigt vom Sessel. Pater Manzetti atmet auf. Pfarrer Bley dreht den Kassettenrekorder auf hohe Lautstärke, steigt auf den Sessel, steckt den Kopf wieder in die Schlinge und schaut ins Publikum.*

MANZETTI *laut* Sie könnten die Sünde nicht finden, hätten Sie gesagt. Was gibt es da zu finden? Nehmen wir die Autowerkstätte. Neben Ihrem Pfarrhof steht doch eine Autowerkstätte, für MAZDA, wenn ich nicht irre. Der Besitzer der Autowerkstätte trinkt zum Mittagessen immer ein oder zwei Flaschen Bier, die ihm seine Gattin mit einem Lächeln hinstellt. Nach dem Genuß des Bieres schläft der Mann ein. Die Gattin holt den Mechaniker und legt sich mit ihm auf die umgeklappten Sitze eines sich gerade in Reparatur befindlichen MAZDA 626. Die beiden kopulieren miteinander. Der Mechaniker ist verheiratet und hat gerade eine Eigentumswohnung gekauft, wie ich annehme, eine ziemlich scheußliche. Um die entsetzlich hohen Raten bezahlen zu können, arbeitet die Frau in einer Lackfabrik, was schwere gesundheitliche Schäden nach sich zieht. Das Kind wächst bei der bigotten Großmutter auf und hat Bronchitis. Der praktische Arzt verschreibt der Frau, dem Kind und der gesamten Kleinstadt Unmengen von Antibiotika. Von dem vielen Geld, das er damit verdient, finanziert er einen beheizbaren Swimming-Pool und eine Wohnung in der Stadt. Von letzterer hat die Arztensgattin keinerlei Kenntnis. In dieser Wohnung trifft sich der Arzt immer wieder, und dann gleich für mehrere Tage, mit einer angehenden Schauspielerin zu wenig Gespräch und viel Kopulation. Wo ich hinsehe, sehe ich Sünden. Die Sünde ist überall. Sie ist alltäglich, eine Banalität sozusagen. Da gibt es nichts zu finden, da gibt es nichts zu bekümmern. Man könnte glauben, der Teufel hätte von mir Besitz ergriffen. Wenn ich nicht genau wüßte, daß ich ein

Mann Gottes bin. Ich halte mich an Kirschen. Ja, ich halte mich an Kirschen.

*Schweigen. Pfarrer Bley rührt sich nicht von der Stelle. Pater Manzetti beobachtet ihn.*

MANZETTI Der Bischof macht Ihnen folgenden Vorschlag. Sie sind krank. Sie gehen in eine Nervenklinik, Sie kommen in psychiatrische Behandlung, die Diözese kommt für alle Kosten auf. Ihre hiesige Stelle übernimmt bis auf weiteres ein anderer Pfarrer.

*Schweigen. Pfarrer Bley nimmt den Kopf aus der Schlinge, steigt vom Sessel, dreht den Kassettenrekorder auf Überlautstärke auf, steigt wieder auf den Sessel, steckt einen Fuß in die Schlinge, wirft den Sessel um, baumelt mit dem Kopf nach unten hin und her und lacht aus vollem Halse.*

MANZETTI Wie erklärt der Arzt seiner Gattin die oftmalige Abwesenheit? Er begründet sie mit seiner unumgänglich notwendigen Anwesenheit bei internationalen Ärztekongressen und legt der Arztensgattin zum Beweise Flugscheine vor. Diese sind selbstverständlich gefälscht, und zwar vom Besitzer eines Reisebüros. Jener hat einen rauschgiftsüchtigen Sohn, welchem der Arzt als Gegenleistung für die gefälschten Flugscheine Rezepte auf schwere Drogen ausstellt. Der Junge bezieht die Drogen von einem Apotheker, welcher wiederum mit einem Rauschgiftkartell in Verbindung steht, welches wiederum von einem Waffenhändler . . .

*Die Sätze Manzettis gehen in den überlauten Engelschören und im Lachen des Pfarrers unter. Blackout. Man hört die Engelschöre.*

## 2. Szene

*Die Engelschöre klingen aus. Stille. 12 Uhr mittag. Ein Feld hinter der Kleinstadt. Im Hintergrund sieht man einen Hochspannungsmasten. Rechts im Vordergrund steht ein kleines Hüttchen – die Autobushaltestelle. Auf der Bank der Autobushaltestelle sitzt ein blonder, großgewachsener, fescher Bursche, der Arbeitslose Rudi Hoffmann. Pfarrer Bley kommt über das Feld. Er hat normale Straßenkleidung an. Er trägt seinen Kassettenrekorder mit sich und einen Nylonsack, aus welchem ein Stück seines Priesterrocks heraushängt.*

RUDI *ruft* Herr Pfarrer!

*Pfarrer Bley stellt seinen Kassettenrekorder hin und winkt Rudi zu.*

RUDI Wo gehen Sie denn hin?

BLEY In die Hauptstadt.

RUDI Da müssen Sie aber mit dem Bus fahren.

BLEY Ich gehe lieber zu Fuß.

RUDI In die Hauptstadt? Das dauert ja mindestens zwei Tage.

BLEY Das macht nichts. Ich suche etwas.

RUDI Was denn?

BLEY Die Sünde.

*Rudi steht auf und geht zu Pfarrer Bley hin. Er schaut Pfarrer Bley an.*

RUDI Was suchen Sie?

BLEY Die Sünde.

*Rudi lacht.*

RUDI Und da kann man nicht mit dem Bus fahren?

BLEY Vielleicht finde ich sie schon unterwegs.

*Schweigen. Rudi schaut Bley an.*

RUDI Die Leute sagen, Sie sind nicht ganz richtig im Kopf. Stimmt das?

BLEY Ich gehe weg von hier.

RUDI Ich auch. Wenn man was werden will, muß man weggehen. Der Hitler ist auch weggegangen. Was glauben Sie, wie hart ich bin?

BLEY Ich weiß es nicht. Ich habe dich in letzter Zeit wenig gesehen.

RUDI Ich bin total hart. Der Gemeindesekretär hat mir eine Telefonnummer gegeben, von einer Dame in der Stadt, die sucht so einen wie mich. Einen wirklich Harten.

*Schweigen. Rudi läßt Bley nicht aus den Augen.*

RUDI Wissen Sie, was die mit mir macht?

*Schweigen. Rudi läßt Bley nicht aus den Augen.*

RUDI Soll ich es Ihnen verraten?

*Schweigen. Bley nickt.*

RUDI Die bringt mich zum Film. Ich gehe nämlich zum Film.

*Schweigen.*

RUDI Suchen Sie wirklich die Sünde?

BLEY Ja.

RUDI Schwere und läßliche?

BLEY Alle.

RUDI Diebstahl, zum Beispiel?

BLEY Ja, gerne.

*Rudi schaut nach links und rechts, um sicherzugehen, daß sie nicht beobachtet werden. Er greift in sein Hemd und zieht einen Gegenstand heraus, der in einen Lappen eingewickelt ist.*

RUDI Was ist das?

*Er wickelt den Lappen auf.*

BLEY *anerkennend* Eine Pistole.

RUDI Das ist eine FN-Browning. 24 cm Lauflänge. 12-

Schuß-Automatik. Sie müssen den Lauf zurückziehen, dann schnappt die erste Patrone ein.

*Er führt es vor.*

RUDI Die anderen rücken automatisch nach. In dem Film DIE TOTEN STERBEN AUS hat der Enterbte damit 40 Leichen erschossen.

BLEY Wieso Leichen?

RUDI Das waren keine toten Leichen. Die waren schon verwest, sind aber in der Nacht lebendig geworden. Zombies, Freaks.

*Rudi schaut Bley mißtrauisch an.*

RUDI Werden Sie mich anzeigen?

BLEY Nein. Darf ich sie anfassen? Ich habe in meinem Leben noch nie eine Waffe berührt.

*Rudi schaut Bley mißtrauisch an. Schweigen. Rudi gibt ihm die Waffe. Bley hält die Waffe in der Hand. Rudi nimmt sie ihm wieder weg, umklammert den Pistolengriff mit beiden Händen und legt den Finger an den Abzug.*

RUDI Die Welt ist nämlich eine Kugel, total glatt, wie ein Ball. Du kommst nicht hinein. Alles gehört schon wem. Die Häuser, der Grund, die Arbeit. Wenn du was willst, prallst du ab. Die besseren Posten kriegen nur die Kinder vom Arzt, vom Stadtamtsdirektor und vom Bankfilialleiter. Aber ich weiß eine Möglichkeit. Wenn man mit der Pistole auf den Ball schießt, gibt's ein Loch, päng, und die Welt ist hin. Denn heute gehört uns Deutschland und morgen die ganze Welt. Haben Sie RAMBO I gesehen? RAMBO II und III war ja nicht mehr so gut, aber in I besiegt der RAMBO zuerst drei Polizisten, dann eine Stadt und zum Schluß das ganze Militär. Haben Sie Kinder?

BLEY Nein.

RUDI Mein Vater ist Kellner in der Hauptstadt.

*Schweigen. Plötzlich nimmt Rudi Pfarrer Bley in den »Schwitzkasten« und drückt ihm den Hals zu.*

RUDI Fleh um dein Leben. Fleh um dein Leben.

*Ebenso plötzlich, wie er ihn in die Mangel genommen hat, läßt Rudi Pfarrer Bley wieder los. Bley greift sich mit der Hand an den Hals.*

BLEY Du hast mich berührt. Danke.

*Rudi geht ein paar Schritte weg und schaut Bley mißtrauisch an.*

BLEY Ich habe Geld aus der Pfarrkasse entwendet. Willst du die Hälfte?

*Bley zieht Geldscheine aus der Tasche, zählt sie ab und will Rudi die Hälfte geben. Rudi richtet die Pistole auf ihn.*

RUDI Wenn ich jetzt abdrücke, sind Sie tot, und das ganze Geld gehört mir.

BLEY Ja.

*Schweigen. Rudi zielt auf Bley und läßt ihn nicht aus den Augen.*

RUDI *schreit* Wieso haben Sie einen Kassettenrekorder? Haben Sie eine Musik auch?

BLEY Ja.

RUDI Was für eine Musik? Geht der auf Batterie?

*Bley kramt in seiner Tasche und holt Kassetten heraus.*

BLEY Bach. Mozart. Händel. Reger. Schubert.

RUDI Legen Sie eine Kassette ein und drehen Sie ganz laut auf. Damit niemand hört, wenn ich auf Sie schieße.

BLEY Welche Kassette? Mozarts Klavierkonzert Nr. 14 in Es-Dur oder das Forellenquintett oder ...

RUDI Egal.

*Bley legt eine Kassette in den Rekorder. Die Fantasie für Orgel, op. 40, Nr. 1 von Max Reger erklingt. Rudi zielt auf Bley und schreit.*

RUDI Lauter!

*Bley dreht die Musik voll auf. Plötzlich reißt Rudi die Hände in die Höhe und schießt in die Luft. Er lacht und springt voller Freude umher, wie ein Kind.*

BLEY Darf ich auch?

*Rudi gibt Bley die Pistole. Bley schießt in die Luft und lacht. Sie schießen abwechselnd in die Luft – das ganze Magazin. Sie springen umher, schreien und lachen. Die Fantasie für Orgel von Max Reger übertönt alles. Blackout. Man hört die Fantasie für Orgel.*

## 3. Szene

*Die Fantasie für Orgel klingt aus. 11 Uhr nachts. In der Stadt. Vor einem letztklassigen Sexlokal. Pfarrer Bley steht mit Kassettenrekorder und Nylonsack vor dem Schaukasten des Sexlokals und betrachtet die ausgestellten Photos nackter Frauen. Der Schlepper (Wolfgang Berger, genannt »der schöne Wolf«) steht vor der Eingangstür (die ein Vorhang ist) und beobachtet Pfarrer Bley. Der schöne Wolf hat ein übergroßes, glitzerndes Sakko an. Sein Reden ist von ständigem Lachen begleitet. Er beobachtet Bley und geht ein paar Schritte auf ihn zu.*

DER SCHÖNE WOLF Meister, du bist nicht von hier, oder?

BLEY Ja.

DER SCHÖNE WOLF Du bist vom Land, stimmt's?

BLEY Ja.

DER SCHÖNE WOLF Ich rieche das. Ich rieche das. Laß mich weiterraten. Du hast ein kleines Bauunternehmen in der Provinz und hast gerade das Finanzamt betrogen. Dein Steuerberater hat dich angerufen und dir mitgeteilt, daß der Betrug durchgegangen ist, dank einer mittleren Bestechungssumme an den zuständigen Referenten, welche dir der Steuerberater in seiner Honorarnote weiterverrechnen wird. Stimmt's, oder?

*Pfarrer Bley schüttelt den Kopf.*

DER SCHÖNE WOLF Nichts verraten. Laß mich weiterraten. Du bist Postmeister und schwul. Du bist Ehrenmitglied der Freiwilligen Feuerwehr und pflegst aufopferungsvoll deine gichtkranke Mutter. Am Wochenende fährst du in die Stadt und läßt dir den Arsch durchficken. Am Montag sitzt du wieder in deiner Post und stempelst Briefmarken. Ich liege richtig. Liege ich richtig?

BLEY Ich bin Priester.

DER SCHÖNE WOLF Pardon, Eminenz. Und was suchen Sie hier?

BLEY Die Sünde.

DER SCHÖNE WOLF Volltreffer. Ich bin die Sünde. Ich bin der Teufel. Komm her, Heiliger Vater, ich verrate dir etwas. Heutzutage braucht man die Sünde nicht mehr zu suchen. Es gibt sie überall. Gedruckt, gepreßt, verfilmt, vervielfältigt. Tausendfach, millionenfach, Massenware. Industriezeitalter, verstehst du? Aber die beste Qualität zu zivilen Preisen gibt es nur hier, bei mir. Beim schönen Wolf, oder?

*Er öffnet sein Sakko. Die Innenseiten des Sakkos sind voll mit Sexzeitungen, Pornoheften, Pornofilmen, Sexartikeln.*

Sohn Gottes, schau in das Reich der Sünde und triff deine Wahl. Was möchtest du? Zu zweit? Zu dritt? Zu viert? Mit Negern? Mit Kindern? Mit Tieren? Willst du Zeitungen? Hefte? Filme? Nein? Ah, ich verstehe! Du liebst das Akustische. Deshalb der Kassettenrekorder. Geht der auf Batterie? Das ist heute wieder modern. Man wird ja von Bildern förmlich überflutet, wo bleibt da die eigene Phantasie?

*Der schöne Wolf nimmt Pfarrer Bley den Kassettenrekorder aus der Hand und legt eine Kassette ein. Das Lustgestöhne einer Frau und eines Mannes ertönt.*

DER SCHÖNE WOLF Schließe deine Augen zu diesem Hochamt der Sünde und stelle dir die Leiber dazu vor, wie sie übereinander herfallen, wie sie sich ineinander verkrallen ... die Kassetten sind in der Dreierpackung billiger ... nein, nichts?

*Der schöne Wolf stellt den Kassettenrekorder ab. Er zieht eine Gummipuppe aus seinem Sakko.*

DER SCHÖNE WOLF Ich hab's. Das ist die Lösung.

*Er bläst die Gummipuppe auf.*

DER SCHÖNE WOLF Stell dir vor. Es ist Abend. Du stehst am Altar und entläßt deine Kirchgänger, sechs alte Frauen, mit einem schnellen Segen, zum Fernsehapparat. In fünf Minuten beginnt die Quizsendung EINER WIRD GEWINNEN. Du aber hast schon gewonnen. Die schönste, die willigste, die allzeit bereite Frau wartet auf dich. Du schließt das Kirchentor, eilst zum Allerheiligsten, nur du hast den Schlüssel, öffnest es, und da liegt sie, zusammengelegt und raumsparend, die Sünde. Du steckst sie ein, gehst in dein Schlafzimmer, bläst sie auf, nimmst etwas NIVEA für das Loch und . . .

BLEY Ich suche etwas anderes.

*Der schöne Wolf zieht den Stöpsel aus der aufgeblasenen Gummipuppe, die Luft entweicht. Er hält sein Sakko weit auseinander.*

DER SCHÖNE WOLF Suche, Bruder, suche. Das Angebot ist unerschöpflich. Es gibt nichts, was der schöne Wolf nicht im Programm führt, oder?

BLEY Ich suche die Sünde zwischen Mensch und Mensch.

*Der schöne Wolf schließt blitzartig sein Sakko.*

DER SCHÖNE WOLF Oh, wie ich dich verstehe, Bruder. Wie konnte ich mich nur so in dir irren? Was sollen alle diese Hefte? Diese Bilder? Diese Filme? Diese Reproduktionen? Diese Perversionen? Ist denn alles wohlfeil geworden in dieser Welt? Muß man das Intimste, das Geheimste, das Zärtlichste in das grelle Licht der Vermarktung zerren? Ist der Mensch nur noch ein Ding? Sein Leib eine Ware? Seine Lust ein Verkaufsartikel? Preise deinen Schöpfer, Bruder, denn du hast mich gefunden, oder? Nur der schöne Wolf weiß, was du wirklich suchst. Du suchst das Flüstern der Verliebten, die Atemlosigkeit des Ausziehens, das pochende Blut einer echten Verführung ...

*Der schöne Wolf öffnet den Vorhang und zieht Pfarrer Bley in das Lokal. Man sieht einen spärlich beleuchteten Raum, der mit Samt ausgeschlagen ist. In der Mitte des Raumes steht ein Sofa mit einer schmutzigen Überdecke. Links, an einem kleinen Tisch, sitzt die Hure Karin ohne Unterhose, mit Strapsen und BH. Sie hat die Beine gespreizt und lackiert ihre Zehennägel.*

DER SCHÖNE WOLF Das ist Karin, meine Assistentin, aus Mühlheim. Hat in Hamburg gearbeitet. Sie kann sechs brennende Kerzen in die Maus stecken. Mit der Nummer ist sie aufgetreten. Was ist das schon? Ich habe von einer Berberin gehört, die macht es mit 12 Kerzen und Ausblasen. Alles können die Deutschen eben auch nicht, oder? Karin, du alte Sau, benimm dich, unser Gast ist Priester. Komm, Heiliger Bruder, ich bereite dir den Himmel auf Erden.

KARIN Was ist er?

DER SCHÖNE WOLF Priester. Red nicht so viel und drück auf die Klingel.

*Karin drückt auf einen Knopf. Man hört das Läuten hinter dem Raum. Der schöne Wolf nimmt Pfarrer Bley den Kassettenrekorder und den Nylonsack sanft aus den Händen.*

KARIN Katholisch oder protestantisch?

DER SCHÖNE WOLF Er ist geil, Schätzchen, er ist geil. Geil.

KARIN Ich bin protestantisch. Augsburger Bekenntnis. Seit meinem 14. Lebensjahr.

DER SCHÖNE WOLF Wollen wir nicht alles Irdische von uns abstreifen? Rein und nackt tritt der Mensch zum Altar der Sünde. Karin, schalt die Anlage ein.

*Karin betätigt einen Schalter. Bis zum Ende der Szene hört man alle Sätze über einen Verstärker, als würde das ganze irgendwohin übertragen werden. Der schöne Wolf zieht Pfarrer Bley aus und legt ihn auf das Sofa. Bley richtet sich wieder auf und klammert sich an seinen Kassettenrekorder. Der schöne Wolf drückt ihn wieder auf das Sofa und nimmt ihm den Kassettenrekorder wieder weg.*

DER SCHÖNE WOLF Wovor fürchtest du dich, kleiner Landpfarrer? Hast du nicht beim Anblick der jungen Arbeiter, die mit freiem und schwitzendem Oberkörper die Fassade deines Pfarrhofes renovierten, an etwas Bestimmtes gedacht? Hast du nicht die beiden Ministranten durch einen Spalt der Sakristeitüre bei ihren Spielchen beobachtet? Jetzt steht sie vor dir, die Sünde zwischen Mensch und Mensch. Zwischen Mann und Mann.

*Der schöne Wolf legt eine Kassette in Bleys Kassettenrekorder und drückt auf Aufnahme. Er beginnt, mit Bleys Schwanz zu spielen.*

DER SCHÖNE WOLF Wie er da vor uns liegt. Klein und unschuldig wie ein Neugeborenes. Noch braucht er, schwankend und schwach, die helfende Hand, um sich in der Welt zurechtzufinden, oder? Doch schon beginnt er zu wachsen, entsteigt seinem kindlichen Schlummer, wird größer und größer.

KARIN Quatsch nicht so viel. Steck ihm den Finger in den Arsch.

*Sie lackiert konzentriert ihre Zehennägel und nimmt keinerlei Notiz von dem, was vor ihr vorgeht.*

DER SCHÖNE WOLF Jetzt ist er ein richtiger Halbwüchsiger. Noch etwas schwach auf den Beinen, aber immer fürwitziger. Ah, jetzt kommt sein Köpfchen zum Vorschein. Ganz rot vor Aufregung.

KARIN Gib's dem Popen.

DER SCHÖNE WOLF Wollen wir es kühlen? Wollen wir es in den Mund nehmen?

*Der schöne Wolf nimmt Bleys Schwanz in den Mund. Bley stöhnt, es klingt mehr nach Schmerz.*

KARIN Saug ihm den Saft aus den Eiern.

*Der schöne Wolf bläst immer wilder. Bleys Schmerzensschreie werden immer lauter.*

KARIN Lutsch ihn, bis ihm die Eichel kocht. Verdammte Kacke!

*Der schöne Wolf läßt Bley blitzartig aus.*

DER SCHÖNE WOLF Was gibt's, Karin?

KARIN Der Nagellack ist umgefallen.

DER SCHÖNE WOLF Ach so.

*Er bläst weiter. Bleys Schmerzensschreie werden immer lauter. Bley spritzt seinen Samen in den Mund des schönen Wolf. Der schöne Wolf macht Karin ein Zeichen, Karin drückt auf einen Knopf. Die Rückwand des Raumes fällt nach hinten. Man sieht einen Zuschauerraum, in welchem – zumeist ältere – Männer sitzen. Die Männer applaudieren. Der Raum ist grell erleuchtet. Pfarrer Bley krümmt sich zusammen. Der schöne Wolf spuckt das Sperma gegen das Licht.*

DER SCHÖNE WOLF *zu den Männern* Und wieder ist eine Nummer gelungen. Fontana di Trevi. Es bedanken sich bei Ihnen: meine Assistentin Karin, . . .

*Karin steht auf und verbeugt sich, sie hält den Nagellack in der Hand.*

DER SCHÖNE WOLF . . . Ihr Wolfgang Berger, genannt der schöne Wolf, kein Feuerschlucker, aber ein Spermaspukker, und last but not least der Star der Einlage, der Mann von der Straße.

*Der schöne Wolf zeigt auf Pfarrer Bley. Bley sitzt nackt und zusammengekrümmt auf dem Bett. Der Applaus wird schwächer.*

DER SCHÖNE WOLF Als kleine Aufmerksamkeit und als Erinnerung an den Abend haben wir die Szene auf Kassette festgehalten.

*Der schöne Wolf legt Bley den Kassettenrekorder auf den Schoß und drückt auf Wiedergabe. Man hört die Szene noch einmal auf Kassette. Der Applaus nimmt ein wenig zu. Blackout. Die Kassette läuft weiter.*

## 4. Szene

*Die Kassette läuft aus. 7 Uhr morgens. Eine Schnapsbude unter der Stadtbahn. Eine Theke, zwei Tische mit Sesseln, sonst nichts. Hinter der Theke sitzt der Wirt, Dr. Peter Wilferth, ein arbeitsloser Akademiker. Er ist ein ziemlich schmächtiger Mensch mit kurzen Haaren. Er frühstückt, gleichzeitig liest er in einem Manuskript. An der Wand steht Alfred Schönwiese, ehemaliger Professor für Mathematik. Er ist ganz mager, steckt in einem Anzug mit Krawatte und ist von oben bis unten besudelt. Er zieht an seiner Zigarette und balanciert die Asche. An einem der beiden Tische sitzen Magda Schneider und Peter Paul Sänger. Magda Schneider, eine ehemalige BILLA-Kassiererin, ist fett und Alkoholikerin. Der Journalist Peter Paul Sänger hat einen Strohkäfig neben sich stehen, in welchem sich seine schwarze Angorakatze befindet. Er manipuliert an einem Tonbandgerät. Am anderen Tisch sitzen Pfarrer Bley und Rudi Hoffmann. Bley hat seinen Kassettenrekorder auf dem Schoß und hält ihn umfangen. Rudi trinkt – immer wieder – aus einem Weinglas. Stille im Lokal.*

RUDI Ich geh' nicht mehr hin. Ich hab' zweimal bei meinem Vater übernachtet.

*Schweigen.*

RUDI Ich geh' nicht mehr hin.

BLEY Hast du die Dame erreicht, die dich zum Film bringen will?

*Rudi schüttelt den Kopf.*

BLEY Willst du mit mir in der Bahnhofsmission übernachten?

*Rudi schüttelt den Kopf. Eine Stadtbahn fährt über dem Lokal, mit lautem Getöse. Langsam verebbt der Lärm.*

*Der Journalist steckt das Mikrophon an das Tonbandgerät an.*

SÄNGER *zu Schneider* Die Sendung hat den Titel »Wirklichkeiten«, es soll nämlich alles ungeschminkt gesagt werden. So wie das Leben ist, mit allen sozialen Härten. Es soll nichts für die Medien geschönt werden, wie sonst immer. Alles klar?

*Sänger stellt das Tonbandgerät auf Aufnahme und hält Magda Schneider das Mikrophon hin.*

SCHNEIDER How much?

SÄNGER Wie bitte?

SCHNEIDER Wieviel?

*Sänger stellt das Gerät ab, nimmt seine Brieftasche heraus und gibt Schneider einen Geldschein.*

SÄNGER Wir wollen echte Schicksale, die Wahrheit, völlig unmanipuliert, alles klar?

*Er stellt das Gerät wieder an und hält Schneider das Mikrophon hin. Schneider schaut das Mikrophon an und dreht sich unvermittelt in Richtung Schönwiese, der an der Wand steht.*

SCHNEIDER Alfred, komm her, da sucht einer ein echtes Schicksal.

*Sänger stellt das Gerät wieder ab. Alfred Schönwiese geht langsam zum Tisch des Journalisten. Er balanciert die Asche seiner Zigarette.*

SÄNGER *zu Schönwiese* Mein Name ist Peter Paul Sänger, kurz P. P. S. Unsere Sendung heißt »Wirklichkeiten«. Es geht um authentische Schicksale. Darf ich?

*Er stellt das Tonbandgerät an und hält Schönwiese das Mikrophon hin. Schönwiese schaut ihn an, holt eine schmuddelige Ansichtskarte aus seiner Tasche und hält sie Sänger hin.*

SCHÖNWIESE Das ist mein Studierstädtchen.

SCHNEIDER Alfred, sag schön dem Herrn, daß du ein echtes Schicksal bist und daß du jede Nacht stundenlang in der Telefonzelle stehst und immer wieder deine Frau anrufst, obwohl sie längst von dir weg ist und eine neue Nummer hat.

*Sänger schaut Schönwiese an und nickt ihm aufmunternd zu.*

SCHÖNWIESE Das ist mein Studierstädtchen.

*Sänger stellt das Tonbandgerät ab und wendet sich wieder Magda Schneider zu.*

SÄNGER Also, laut Polizeibericht sind Sie fünfmal wegen Ladendiebstahl angezeigt worden. Sie waren vor Jahren Kassiererin bei BILLA und sind wegen Unterschlagung fristlos entlassen worden. Wie hoch war der Betrag, den Sie unterschlagen haben?

*Er stellt das Tonbandgerät wieder an und hält Schneider das Mikrophon hin.*

SCHNEIDER Wissen Sie überhaupt, was eine Warengruppe ist? Es gibt zum Beispiel die Warengruppe Schönheit, also Kosmetika, Klopapier, Dusch-Gel und so, das ist A. B ist die Warengruppe Obst und Gemüse. Fleisch ist C, Feinkost D und so weiter. Wenn jetzt der Kunde ein Kilo Bananen aufs Band legt, dann müssen Sie den Preis einspeichern und die dementsprechende Warengruppe. Am Abend wissen Sie dann den Umsatz von jeder Warengruppe. Auf der elektronischen, auf der ich war, hat es sechs Warengruppen gegeben. So ist das. So ist das.

SÄNGER Und was ist mit der Unterschlagung?

SCHNEIDER Können Sie rechnen? Am 14. März 1983 bin ich entlassen worden, weil angeblich sechs Hunderter in der Kassa gefehlt haben. An dem Tag war der Umsatz in der Warengruppe A 1226,80. Von B 3411,09, von C 6211,96, von D 4008,16, von E 1920,42 und von F 3619 geradeaus.

Die Totale war laut Kontrollstreifen 20 397,43. Soviel Geld war auch in der Kassa, kein Groschen mehr und kein Groschen weniger. Es hat alles gestimmt. Rechnen Sie nach.

SÄNGER Alles klar.

SCHNEIDER Was heißt alles klar? Nachrechnen sollen Sie. *Laut* Sie sollen nachrechnen.

SÄNGER Das genügt.

*Er stellt sein Tonbandgerät ab, zieht den Mikrophonstekker heraus und packt das Gerät ein.*

SCHNEIDER Wie heißt Ihre Katze?

SÄNGER Mürzzuschlag.

SCHNEIDER Ein Wahnsinn.

*Sie leert der Katze Schnaps in den Käfig. Sänger nimmt den Strohkäfig, hängt sich das Tonbandgerät um und eilt zur Tür.*

SCHNEIDER *ruft ihm nach* Wann ist die Sendung?

SÄNGER *im Hinausgehen* Nächsten Dienstag. Um null Uhr 25.

*Stille. Schneider starrt zum Tisch von Rudi und Pfarrer Bley. Sie sieht den Kassettenrekorder auf dem Schoß von Bley. Sie steht auf und geht zum Tisch der beiden. Sie bleibt vor dem Tisch stehen und schaut Pfarrer Bley an. Stille.*

SCHNEIDER Sind Sie nächsten Dienstag da? Um null Uhr 25?

*Schweigen. Rudi steht auf.*

RUDI Ich geh' telefonieren.

SCHNEIDER *zu Bley* Ich bin im Radio.

*Bley schaut Rudi nach. Rudi geht zur Theke.*

RUDI *zum Wirt* Das Telefon.

*Der Wirt stellt ihm kommentarlos das Telefon auf die Theke, ohne von seinem Manuskript aufzuschauen. Rudi wählt, die Leitung ist tot.*

RUDI Das Telefon geht nicht.

WIRT Ich habe nie das Gegenteil behauptet.

*Rudi schaut den Wirt an. Der Wirt liest in dem Manuskript. Rudi reißt das Telefon aus der Verankerung und wirft es auf den Boden. Der Telefonapparat zerschellt. Der Wirt schaut kurz auf, greift unter die Theke, legt Besen und Schaufel auf die Theke und vertieft sich wieder in sein Manuskript.*

WIRT Bitte.

*Rudi wirft mit einer Handbewegung Besen und Schaufel auf den Boden. Pfarrer Bley beobachtet die Szene. Schneider starrt Bley an.*

WIRT *zu Rudi, ohne aufzuschauen* Es gibt jetzt zwei Möglichkeiten. Die erste: Ich verwende Sie als Figur in meinem neuen Theaterstück. Aber Sie schauen zu dumm, zu normal und zu gesund aus, also uninteressant.

*Rudi greift in sein Hemd und zieht die eingewickelte Pistole heraus. Er legt sie auf die Theke und wickelt sie langsam aus.*

RUDI Und die zweite?

WIRT Die zweite ist so ähnlich wie deine, du Arsch, aber doch etwas besser. Nach dem Studium habe ich keinen Posten gefunden, und da habe ich dieses Dreckslokal gemietet. Mein Vorgänger hat mir eine Pistole hinterlassen und mir eingeschärft, sie immer schußbereit unter die Theke zu legen. Meine Hand liegt jetzt auf dem Ding und mein Finger am Abzug. Ich schieße durch die Theke in deinen Bauch und plädiere auf Notwehr. Strafgesetzbuch, Paragraph drei, Absatz eins.

*Stille. Rudi hört mit dem Auswickeln seiner Pistole auf und starrt den Wirt an. Pfarrer Bley geht zur Theke, nimmt Besen und Schaufel und kehrt die Scherben des zertrümmerten Telefonapparates auf.*

BLEY *zu Rudi* Wir können uns am Bahnhof treffen. Ich habe mein Gewand in einem Schließfach deponiert. Nummer 306.

*Rudi wickelt seine Pistole ein, geht rückwärts aus dem Lokal und schaut voller Haß die Anwesenden an.*

RUDI Ihr hört noch von mir. Ihr werdet alle noch von mir hören.

*Er geht aus dem Lokal. Bley kippt die Trümmer in den Abfalleimer und setzt sich wieder an seinen Tisch. Schneider hat ihn die ganze Zeit nicht aus den Augen gelassen.*

SCHNEIDER Wissen Sie, was eine Warengruppe ist?

*Bley schaut Schneider an.*

SCHNEIDER Die wichtigste Warengruppe ist Fleisch, C. Dort gibt es die höchsten Umsätze. Am Tage meiner Entlassung, das ist jetzt sieben Jahre her, war die Losung von C 6211,96. Das ist eine sehr gute Losung. Die Losung von A, B, D, E und F war auch nicht schlecht. Glauben Sie mir, Herr, es hat alles gestimmt. Rechnen Sie nach. Die Summe aller Losungen war 20 397,43. Und genau der Betrag war in der Kassa. Ich hab' nichts unterschlagen. Der Filialleiter wollte eine Jüngere für die Kassa, das ist die Wahrheit. Das hebt angeblich den Umsatz. Bitte rechnen Sie nach.

*Sie schaut Bley an. Bley schaut sie an. Bley steht auf und geht zur Theke.*

BLEY *zum Wirt* Kann ich ein Blatt Papier und einen Bleistift haben?

*Der Wirt schaut von seinem Manuskript auf. Er schaut Pfarrer Bley an. Er reißt eine Seite aus seinem Manuskript, nimmt einen Bleistift und gibt beides Pfarrer Bley.*

WIRT Ich habe keine Pistole. Ihr Freund hat schlechte Nerven.

*Bley geht zurück zu seinem Tisch.*

BLEY *zu Schneider* Kann ich die einzelnen Beträge noch einmal hören?

*Schweigen. Schneider starrt Bley an und beginnt mit dem Diktieren. Mit jedem Betrag, den sie nennt, nimmt ihre Aufregung zu.*

SCHNEIDER 1226,80. 3411,09. 6211,96. 4008,16. 1920,42. 3619,–

*Schweigen. Pfarrer Bley addiert.*

BLEY Und welcher Betrag, sagten Sie, war in der Kassa?

SCHNEIDER 20 397,43.

BLEY Stimmt. Stimmt ganz genau.

*Schneider starrt ihn an. Stille.*

SCHNEIDER *schreit* Habt ihr gehört? Es stimmt. Er hat nachgerechnet. Alfred, hast du gehört? Die Summe stimmt. Ich habe nichts unterschlagen.

SCHÖNWIESE Das ist schön für dich. Ja, Magda, das ist schön für dich.

SCHNEIDER In acht Jahren hat niemand nachgerechnet. Er ist der erste Mensch, der nachgerechnet hat. Er ist ein Heiliger. Sie sind ein Heiliger.

*Sie kniet nieder und küßt Pfarrer Bley die Füße. Sie schluchzt.*

SCHNEIDER Sie sind ein Heiliger. Ich heiße Magda Schneider, wie die Mutter von Romy Schneider. Sie sind ein Heiliger.

*Die Stadtbahn fährt über dem Lokal. Das Schluchzen von Magda Schneider geht im Getöse der Stadtbahn unter. Blackout. Man hört die fahrende Stadtbahn.*

# 5. Szene

*Das Stadtbahngeräusch hört auf. 3 Uhr nachmittags. Die völlig desolate Sozialwohnung der Magda Schneider. In dem Raum steht links ein alter Kasten, hinten liegen ein paar zerschlissene Matratzen, und rechts an der Wand türmen sich unglaubliche Mengen von Waren in Originalverpackung: Werkzeuge, Käse, Spirituosen, Schallplatten, Unterwäsche, Kosmetika und so weiter. Die Tür geht auf. Pfarrer Bley und Magda Schneider kommen herein.*

SCHNEIDER Das ist mein Wohnzimmer. *Sie zeigt auf den Kasten.* Das ist das Schlafzimmer. *Sie zeigt auf die Matratzen.* Das ist die Versorgung. *Sie zeigt auf die Warenberge.* Entschuldigen Sie, es ist nicht aufgeräumt.

BLEY Das macht nichts.

SCHNEIDER Am besten ist, Sie ziehen sich aus und legen sich ins Bett. Darf ich abnehmen?

*Sie nimmt ihm den Kassettenrekorder aus der Hand und stellt ihn auf den Boden. Bley geht nach hinten und bleibt neben den Matratzen stehen. Schneider schaut Bley an. Schweigen.*

SCHNEIDER Sie haben doch gesagt, Sie suchen die Sünde?

*Schweigen. Die beiden sehen einander an.*

SCHNEIDER Ich bin zu alt. Das ist es.

BLEY Nein.

SCHNEIDER Ich spür' es doch. Wenn man älter wird, spürt man immer mehr und nicht weniger. Ich rufe meinen Sohn von der Post aus an, und er sagt immer, gib mir die Nummer durch, ich ruf' gleich zurück. Aber da weiß ich schon, daß er nicht zurückruft. Ich warte trotzdem.

BLEY Ich verstehe.

SCHNEIDER Sie verstehen gar nichts. Schauen Sie mich doch einmal richtig an. Was soll denn ein Mann an mir finden?

BLEY Es ist wirklich nicht das Äußere.

SCHNEIDER Nein?

BLEY Nein.

*Sie lacht ihn an.*

SCHNEIDER Soll ich mich für Sie schönmachen? Die Kosmetikindustrie ist ja heute schon auf einem Niveau ... Sie werden mich nicht wiedererkennen.

*Sie geht zum Warenberg und kramt darin. Sie zieht eine verpackte Creme heraus.*

SCHNEIDER Diese Creme, zum Beispiel. BIOCOSMA. Mit natürlichen Wirkstoffen. Strafft Ihre Haut und macht sie geschmeidig. Auftragen und kurz einwirken lassen.

*Sie nimmt die Tube aus der Verpackung, wirft die Verpackung weg und schmiert sich Unmengen von BIOCOSMA ins Gesicht. Sie kramt weiter in den Waren. Pfarrer Bley beobachtet sie.*

SCHNEIDER Mögen Sie mit Pfirsichgeschmack? Maracuja? Himbeer? Oder Jasmin?

BLEY Was denn?

SCHNEIDER Intimspray. Ich nehme Pfirsich, das ist am neutralsten.

*Sie reißt die Dose aus der Klarsichtverpackung und sprayt sich das Intimspray unter den Rock und unter die Achseln. Sie kramt weiter.*

SCHNEIDER Ohrringe. Schauen aus wie Gold. Sind aber aus Eloxal. Das merkt man am Preis.

*Sie hängt sich die übergroßen Ohrringe an ihre Ohrläppchen. Sie kramt weiter. Sie zieht Haarfarben heraus – Spraydosen in der Sechserpackung.*

SCHNEIDER Hellblond. Dunkelblond. Kastanie. Brünett. Purpur. Rassig. Hellblond, das haben die Männer am liebsten.

*Sie nimmt eine Dose aus der Verpackung und sprayt sich ihre Haare blond. Sie schaut ihn an.*

SCHNEIDER Wie bin ich?

BLEY Schön.

*Die beiden schauen einander an. Schweigen.*

SCHNEIDER Lippenstift. Der Lippenstift fehlt. Ohne Lippenstift ist die Frau farblos.

*Sie kramt im Warenberg.*

SCHNEIDER Es gibt NORMALSMILE und LUXUSSMILE. Für Sie nehme ich LUXUSSMILE.

*Sie streicht sich die Lippen an, viel zu heftig. Sie lächelt Bley an.*

BLEY Sehr schön.

*Schweigen. Die beiden schauen einander an.*

SCHNEIDER Ich bin zwar schon etwas aus der Übung, aber sehr zärtlich.

*Schweigen. Die beiden schauen einander an.*

BLEY Ich habe Angst.

SCHNEIDER Sind Sie vielleicht eine männliche Jungfrau?

BLEY Das auch.

SCHNEIDER Was denn noch?

BLEY Im Konvikt ist unter den Zöglingen immer davon geredet worden, daß der Mann mit seinem Geschlechtsteil in der Frau steckenbleiben kann. Dann muß die Rettung verständigt werden, und die beiden müssen ins Spital gebracht werden, und die Welt sieht das. Ich weiß, es ist lächerlich, aber es ist immer in meiner Phantasie.

SCHNEIDER *lacht* Das ist nicht schlimm. Man muß nur viel trinken, dann wird alles weiter.

*Sie zieht eine Flasche Whisky und zwei in Plastik verpackte Zahnputzbecher aus dem Warenberg. Sie packt die Zahnputzbecher aus, geht zu den Matratzen und setzt sich auf eine Matratze. Sie macht ihm ein Zeichen, daß er sich setzen soll. Er setzt sich neben sie. Sie schenkt ein und reicht ihm den mit Whisky gefüllten Zahnputzbecher. Sie trinkt.*

SCHNEIDER Wissen Sie, wie mein zweiter Sohn auf die Welt gekommen ist, da hat mein Mann angefangen mit anderen Frauen. Das ist jahrelang so dahingegangen. Es war kein Vertrauen mehr da. Alles ist immer enger geworden. Und daneben die Arbeit an der Kassa. Ich bin mir vorgekommen wie in einem Raum ohne Fenster und Türen. Und der Raum ist auch immer kleiner geworden. Da hab' ich zu trinken angefangen, und dann war es besser. Langsam ist alles wieder weiter geworden, weiter und leerer. Trinken Sie. Sie müssen trinken.

*Bley klammert sich an den Zahnputzbecher und trinkt ihn in einem Zug leer.*

SCHNEIDER Stört es Sie, wenn ich uns eine Musik mache? Das bringt mich in Stimmung.

*Sie steht auf, geht zum Warenberg und holt eine Musikkassette heraus. Sie nimmt seinen Kassettenrekorder und geht damit zu den Matratzen. Sie legt die Kassette in den Rekorder.*

SCHNEIDER Der geht ja hoffentlich auf Batterie. Das E-Werk hat mir den Strom abgestellt.

*Sie drückt auf PLAY. »White Christmas« von Bing Crosby erklingt.*

SCHNEIDER Das ist meine Lieblingsmusik.

*Sie schenkt ihm und sich nach. Die beiden trinken. Sie legt sich nach hinten. Er ebenfalls. Die beiden liegen mit den Füßen zum Publikum auf den Matratzen.*

SCHNEIDER Spüren Sie schon was? Bei mir wird es schon ein bißchen weiter.

BLEY Ich fühle mich wie hinter einer Mauer. Von allem abgesperrt. Wie tot.

*Während Pfarrer Bley redet, wächst aus dem Schoß von Magda Schneider eine Gummi-Vagina – wie ein Schlauchboot mit Spalt. Die Vagina wird langsam größer und größer, so groß wie eine Saaltüre.*

BLEY Wenn ich abends nach der Messe durch die Gassen des Dorfes gehe, denke ich an die Menschen hinter den Fassaden der Häuser. Ich denke daran, was sie einander antun, aber ich spüre es nicht. Sie kommen in den Beichtstuhl, flüstern mir ihre Sünden zu, und ich vergebe ihnen. Aber ich weiß nicht, was ich ihnen vergebe. Natürlich weiß ich, wovon sie reden, aber ich habe keine Ahnung, wie es ist. Im Konvikt, im Priesterseminar, in den wachen Nächten im Pfarrhof, immer bin ich der Sünde ausgewichen, bis ich nicht mehr wußte, was sie ist. Ich kann die Sünde nicht mehr finden. Ich habe mich verloren. Ich habe Gott verloren.

*Die Vagina von Magda Schneider hat ihre volle Türgröße erreicht.*

SCHNEIDER Ich glaube, es ist soweit.

*Bley steht auf und stellt sich vor die Vagina. Er schwankt ein wenig.*

BLEY Was muß ich tun?

SCHNEIDER Man muß ja nicht gleich hineinrennen. Im Jahre 1963 war ich mit meinem Mann in BIBIONE, damals war das noch nicht so überlaufen. Ich hab' mir gedacht, daß sich in der südlichen Sonne mit ihm alles wieder einrenken wird, aber es war nichts. Da hab' ich ihm am Strand gesagt, ich muß den nassen Badeanzug wechseln gehen, und bin ins Hotel gegangen. Dort hat der Mario auf mich gewartet, er hat in der Hotelküche gearbeitet, und wir sind schnell in sein Zimmer gegangen. Der hat es schön langsam gemacht. Bevor man bei der Frau hineinfährt, hat er gesagt, muß man von ihr mangiare und noch irgendwas.

Essen und trinken. *Weihevoll* Er hat von mir gegessen und getrunken.

BLEY Das ist wie in der Wandlung.

*Schweigen.*

SCHNEIDER Probieren Sie es einmal mit der Hand, Herr Pfarrer.

*Pfarrer Bley steckt seine Hand in den Spalt der Gummi-Vagina.*

SCHNEIDER Gefällt es Ihnen, und darf ich bei dieser Gelegenheit »du« sagen?

BLEY Gerne.

SCHNEIDER Mich kennst du ja schon. Magda Schneider. Kennst du ihre Filme? »Zwei glückliche Menschen«, zum Beispiel?

BLEY Ich heiße Christian.

SCHNEIDER Magst du zu mir kommen, Christian?

*Pfarrer Bley geht durch den Spalt der Gummi-Vagina.*

SCHNEIDER *ruft* Wie fühlst du dich da drinnen?

BLEY *von innen* Schön warm, aber ein bißchen einsam.

SCHNEIDER *ruft* Einsam ist man immer. Aber zu zweit ist man ein bißchen weniger einsam. Soll ich dir etwas verraten, Christian? Seit 13 Jahren hat kein Mann mehr mit mir geschlafen. Du bist der erste nach so langer Zeit, und dann gleich ein Pfarrer. Das vergesse ich dir nie. Wenn du mich einmal brauchst, dann bin ich da. Für dich immer. Hörst du BING CROSBY da drinnen?

BLEY Sehr gedämpft.

SCHNEIDER Ich mach' ihn lauter.

*Sie dreht den Kassettenrekorder lauter. »White Christmas« ertönt in voller Lautstärke. Blackout. Man hört Bing Crosby.*

## 6. Szene

*»White Christmas« klingt aus. 9 Uhr abends. Im Wohnzimmer von Frau Alma Hahn. Alma Hahn ist eine gepflegte, schlanke, ältere Dame, eine ehemalige Schauspiellehrerin. Links fällt – durch eine offene Tür – Licht in das dunkle Wohnzimmer. In der Mitte des Raumes hängt, auf einem »stummen Diener«, die Uniform eines Generals der Fliegerabwehr der Deutschen Wehrmacht. Man kann die Uniform kaum erkennen. Rechts steht ein Klavier, ebenfalls im Halbdunkel. Alma Hahn steht bei der offenen Tür, im Licht. Stille.*

HAHN *ruft* Sauber?

*Rudi Hoffmann kommt aus dem beleuchteten Raum, der offensichtlich ein Badezimmer ist. Er hat seine Jeans an, sein Oberkörper ist nackt. Er streckt Alma Hahn seine Hände hin. Er lacht verlegen. Er weiß nicht so recht, was hier vorgeht. Alma Hahn prüft seine Hände.*

HAHN Die Hände mögen sauber sein, aber sieh dir doch die Fingernägel an. Diese schwarzen Streifen. Zurück ins Badezimmer.

RUDI Beim Film muß man nicht sauber sein.

HAHN Keine Widerrede. Bevor ich meine Schüler in das Rampenlicht schicke, müssen sie sauber sein. Durch und durch sauber. Wer außen dreckig ist, ist es auch innen.

*Rudi geht zurück ins Badezimmer. Schweigen.*

HAHN *ruft* Rudolf! Du heißt doch Rudolf?

RUDI *von drinnen* Rudi.

HAHN Du trägst einen alten deutschen Vornamen. Weißt du das? Er setzt sich aus zwei Bestandteilen zusammen. Dem germanischen »Ruhm« und dem althochdeutschen Wort

»Wolf«. Man könnte deinen Namen mit »der Ruhm des Wolfes« übersetzen.

*Rudi kommt aus dem Badezimmer. Er hält ihr die Hände hin.*

HAHN Die Hände sind in Ordnung. Der Hals ist rein. Und was ist das?

*Sie fährt ihm mit dem Finger ins Ohr.*

RUDI Au!

HAHN Gelbes, schmieriges Ohrenschmalz. Glaubst du, es macht mir Freude, in deinen Ohren herumzufahren? Ich will dir helfen. Ein Darsteller muß etwas darstellen. Sauberkeit, Kraft, Männlichkeit. Wir werden daran arbeiten, Rudolf. Mit aller Härte werden wir daran arbeiten. Aus räudigen Hunden habe ich Heroen gemacht, und das wird mir auch bei dir gelingen.

*Sie weist ihn mit einer Geste ins Badezimmer. Er geht. Schweigen.*

HAHN *ruft* Woher hast du meine Nummer, Rudolf?

RUDI *von drinnen* Vom Gemeindesekretär. Er hat gesagt, ich soll mich bei Ihnen melden, wenn ich zum Film will.

HAHN *laut* Und was hat er noch gesagt? Über mich?

RUDI *von drinnen* Der redet nicht viel. Nur wenn er angesoffen ist, sagt er, daß alles, was man über den Hitler und die Juden sagt, falsch ist.

HAHN Komm heraus, Rudolf!

*Rudi kommt aus dem Badezimmer.*

HAHN Ich kenne den Mann. Ich habe ihn bei einer dieser Feiern kennengelernt. Er ist im Grunde seines Herzens ein anständiger Mensch. Aber er ist zu dick, viel zu dick. Der Mensch muß Form haben, Rudolf, Form. Du hast Form.

*Sie fährt ihm über die Brust.*

HAHN Zeig mir dein Profil, Rudolf.

*Sie nimmt ihn am Kinn und hält seinen Kopf hoch.*

HAHN Ein schöner Kopf. Ebenmäßige Konturen, klarer Ausdruck. Klar und entschlossen.

RUDI Und die Muskeln?

*Er spannt seine Muskeln an.*

HAHN Sieh mich an, Rudolf. Meine Arme, meine Beine. Kein Gramm Fett, alles fest. Schau her.

*Sie macht einen Spagat. Sie sitzt mit gegrätschten Beinen am Boden.*

HAHN Weißt du, wie alt ich bin? Das macht mir niemand nach. Niemand.

*Rudi schaut sie an. Schweigen.*

HAHN Willst du mich nicht hochheben? Bist du kein Galan?

*Rudi zieht sie hoch.*

HAHN Steh gerade und küß mir die Hand.

*Rudi schaut sie an. Er küßt ihr verlegen und linkisch die Hand.*

HAHN Man küßt nicht wirklich. Man deutet die Berührung nur an. Und jetzt nimm mich um die Mitte.

RUDI Sie?

HAHN Na und? Stell dir vor, ich sei eines dieser gräßlich primitiven Landmädchen, die du reihenweise aufs Kreuz gelegt hast.

*Rudi macht sich an sie heran und faßt sie um die Mitte.*

HAHN Faß mich nicht an! In der Kunst geht es um das Symbolische, nicht um das Buchstäbliche. Alles ist Andeutung. Hast du das begriffen?

*Schweigen. Alma Hahn schaut Rudi von oben bis unten an.*

RUDI Stimmt es, daß man beim Film an einem Tag mehr verdient als beim Theater in einem Monat?

*Schweigen. Hahn geht zur Wand und betätigt den Lichtschalter. Ein Lichtkegel fällt auf die Generalsuniform.*

RUDI Super. Ist die für den Film?

HAHN Das ist die Uniform meines Mannes. Er war General der Fliegerabwehr. Er ist in Smolensk gefallen. Seine Soldaten haben ihn geliebt. Zieh sie an. Den Rock.

*Rudi zieht den Generalsrock an. Alma Hahn beobachtet ihn dabei. Rudi hält eine imaginäre Maschinenpistole in der Hand und feuert.*

RUDI Tak. Tak. Tak. Tak. Tak. Der Iwan kommt rudelweise über das Feld. Steiner springt aus dem Schützengraben und mäht alles nieder. Der Iwan gibt nicht auf. Er schickt noch ein Rudel, aber sie haben keine Chance. Steiner killt sie alle. Tak. Tak. Tak. Tak. Tak. In der nächsten Szene steht Steiner vor der Tür von einem russischen Bauernhaus. Er tritt die Tür ein und feuert so lange, bis sich nichts mehr regt. Tak. Tak. Tak. Tak. Tak.

HAHN Alles, was man über die Wehrmacht sagt, ist falsch.

RUDI Genau. Die Uniform ist super.

HAHN Stell dich hier auf, und jetzt sagst du den Satz von Karl Moor aus Schillers »Räubern«: »Pfui! Pfui über das schlappe Kastratenjahrhundert!« Sag es laut, mit all der schönen Kraft, die in dir steckt.

RUDI Was soll ich sagen?

HAHN »Pfui! Pfui über das schlappe Kastratenjahrhundert!«

RUDI *leise und verunsichert* Pfui! Pfui über das schlappe Kastratenjahrhundert.

HAHN Das ist nichts. Absolut nichts. Aber ich werde die Stimme aus dir herausholen, und wenn ich sie herausprügeln muß. Stell dir diese fettleibigen Beamten in den Ämtern vor, wo ich immer hingehen muß. Ich sage ihnen meinen Künstlernamen, aber sie kennen ihn nicht. Sie wollen, daß ich ihn buchstabiere. Sie haben keine Ahnung von Kunst, nur ihre Formulare und ihre Verdauung interessiert sie. Du stehst vor diesen aufgeblasenen, schwammigen, absolut degoutanten Büromenschen, und was schleuderst du ihnen entgegen, mit all deiner Kraft und Herrlichkeit ...?

RUDI *etwas lauter, aber völlig daneben* Pfui! Pfui über das schlappe Kastratenjahrhundert.

HAHN Das war schon besser, aber es war nichts. Nicht verzweifeln, nicht verzweifeln. Rudolf, du bist ein großer, starker Mann. Du blickst über dieses Land, über diese Stadt, und was siehst du? Schmutzige Ausländer an allen Ecken und Enden, rauschgiftsüchtige Jugendliche, arbeitsscheue Individuen, korrupte Politiker, gekaufte Schreiberlinge, nichts als winselnde Wiedergutmacher, und was erfaßt dich beim Anblick dieser Kreaturen?

RUDI Ein Haß.

HAHN Abscheu und Ekel erfaßt dich, und du schreist in diese Horde ... Pfui! Pfui über das schlappe Kastratenjahrhundert!

RUDI *laut, aber noch immer völlig daneben* Pfui! Pfui über das schlappe Kastratenjahrhundert.

HAHN Oh Gott!

RUDI Wie war ich?

HAHN Gut. Besser.

RUDI Was ist ein Kastratenjahrhundert?

HAHN Hör mir zu, Rudolf. Ich erkläre es dir. Im Oktober 1938 fand im Burgtheater eine Festveranstaltung statt. Es wird ein Prolog verlesen, ein Hohelied auf den Führer und das Dritte Reich. Der Hitler hat ja nie leugnen können, daß er ein Prolet ist. Aber die Veranstaltung war wunderschön. Am nächsten Tag schrieben die Wiener Zeitungen, daß man das berühmte Burgtheaterdeutsch noch nie so hell, so klar, so kräftig, so inbrünstig vernommen hätte. Und was ist heute auf dieser Bühne? Da tummeln sich lispelnde Nichtskönner und notorische Leisesprecher. Die Kunst, die uns erhöhen und erbauen sollte, wird herabgezerrt in die Niederungen des Alltäglichen, des Gewöhnlichen, des Ordinären. Und was schreist du aus dir heraus, wenn du das alles siehst?

RUDI *schreit, mit grotesk falscher Betonung* Pfui! Pfui über dieses Kastratenjahrhundert!

HAHN Aus. Schluß. Aus. Pause.

*Sie bekommt einen Lachanfall.*

RUDI Sie wollen sich über mich lustig machen.

HAHN Nein. Du hast absolut kein Talent. Das ist alles.

RUDI *wird immer aufgeregter* Beim Film muß man nicht so viel reden. Da kommt es auf Härte an. Sie machen sich nur über mich lustig. Glauben Sie, ich lasse mir alles gefallen? Von so einer Alten?

HAHN *schaut ihn an und nickt* Die letzten beiden Sätze. Wiederhol die letzten beiden Sätze.

RUDI *beginnt zu schreien* Was soll ich? Einen Dreck werde ich. Glauben Sie, ich fürchte mich vor Ihnen? Nur weil Sie Geld oder Beziehungen oder sonstwas haben?

HAHN Weiter. Weiter. Jetzt kommt der Ton.

RUDI Lesen Sie Zeitungen? Da steht immer wieder, daß ein Junger einer Alten den Hals umdreht und mit dem ganzen Geld davongeht.

HAHN *lockend* Ich habe Geld, Rudolf, viel Geld. Viel, viel Geld.

RUDI Ich scheiße auf euch alle!

HAHN *voller Erregung* Und wir auf dich, Rudolf. Du arbeitsloser Nichtskönner. Glaubst du wirklich, daß du in unseren Kreisen Aufnahme findest, weil du etwas besser aussiehst? Wir werden dich zurückstoßen in den Dreck, aus dem du hervorgekrochen bist.

RUDI Geh scheißen, du vertrocknete Vogelscheuche.

HAHN Wir werden dich und deinesgleichen in Lager stecken, damit wir dieses Primitive nicht mehr ertragen müssen.

RUDI Ich bring dich um, du Sau.

*Rudi geht mit ausgestreckten Händen auf Alma Hahn los. Sie legt sich auf den Boden, schließt ihre Augen und streckt alle viere von sich. Rudi starrt sie an.*

HAHN Nimm mich. Oh, nimm mich. Erinnerst du dich an den Fliegerball? Alle waren sie da. Göring. Gallant, Gründgens, die strahlenden Männer des Reiches. Im Frack, in weißen, in aquamarinblauen, in schwarzen Uniformen. Die goldenen Schulterstücke, die goldenen Koppel blitzten. Die Damen trugen Weiß, Azur und Rosa. Die Herren waren galant, die Damen erwartungsvoll. Der Champagner floß. Ich hatte gerade mein Filmdebüt hinter mir. Du nahmst meine Hände in die deinen, küßtest sie beide und blicktest mir lange in die Augen. Du führtest mich aus dem Saal, halb sträubte ich mich, halb eilte ich mit dir, hinunter zu deinem offenen Wagen, und wir fuhren hinaus zum Fliegerhorst. Du gabst der Wache ein kleines, herrisches Zeichen, und sie ließ uns passieren. Wir gingen, nein, wir rannten in den Hangar. Du warfst den Propeller einer Maschine an, es war eine nagelneue Messerschmidt 109. Niemand sollte die Laute der Liebe hören. Du drücktest mich an den Rumpf der Maschine, der Motor brüllte, der Propeller raste, und du nahmst mich. Oh, wie du mich nahmst.

RUDI *kleinlaut* Bitte helfen Sie mir. Ich will zum Film.

*Alma Hahn macht ihre Augen auf und steht auf.*

HAHN Was willst du? Mein Geld? Weißt du, wieviel eine pensionierte Schauspiellehrerin bekommt? Das Geld ist in meiner Brieftasche, und die Brieftasche liegt in der Kommode. Nimm es und verschwinde. Mein Gott, einer, der aussieht wie du, könnte Länder, die ganze Welt könnte er erobern, und was will er? Eine halbleere Brieftasche.

*Sie setzt sich ans Klavier, welches im Halbdunkel steht. Sie wendet Rudi den Rücken zu und beginnt zu improvisieren.*

HAHN *singt* Die schöne Welt der Männer ist versunken. Die schöne Welt der Männer ist vorbei.

*Rudi beobachtet sie eine Weile. Er geht zu ihr hin, nimmt sie von hinten und küßt ihr den Nacken ab. Sie hämmert ins Klavier. Blackout. Man hört die Klaviermusik.*

## 7. Szene

*Die Klaviermusik klingt aus. 11 Uhr abends. Die Stadtwohnung von Franz André Müller, dem Besitzer einer Werbeagentur. In der Küche der Wohnung. In den anderen Räumen findet offensichtlich ein großes Fest statt. Die Küche ist übersät mit Serviertabletts, auf denen leere und halbleere Gläser stehen. Kübel – voll mit Eis und Flaschen – stehen am Boden. Rudi Hoffmann kommt mit einem Tablett mit leeren Gläsern in die Küche und stellt das Tablett ab. Er hat ein weißes, eng geschnittenes Kellnerjackett mit goldenen Knöpfen an. Er stellt sich vor den Spiegel, richtet sein Jackett zurecht und betrachtet sich stolz. Die Küchentür geht auf. Zarah Leander schleift den offensichtlich völlig betrunkenen Kaiser Nero in die Küche. Zarah Leander hat einen Smokingrock mit Fliege und schwarze Netzstrümpfe an. Kaiser Nero trägt die übliche Toga und einen goldenen Lorbeerkranz, der ihm ins Gesicht hängt. Rudi beobachtet die beiden. Zarah Leander läßt Kaiser Nero aus. Nero legt sich flach auf den Boden und rührt sich nicht. Zarah Leander schenkt sich ein Bier ein. Zarah Leander ist Franz André Müller, der Besitzer der Werbeagentur. Kaiser Nero ist der Bundesminister für Landesverteidigung, Erwin Fischer. Rudi räuspert sich.*

RUDI *zu Müller* Ich bin der Rudi Hoffmann.

MÜLLER *ohne Interesse* Ich bin Zarah Leander, und das ist Kaiser Nero.

*Schweigen. Müller trinkt sein Bier, ohne Rudi zu beachten.*

RUDI Hat Ihnen die Frau nichts von mir erzählt?

MÜLLER Welche Frau?

RUDI Die Frau Alma Hahn. Die Schauspiellehrerin.

MÜLLER Ach, die verrückte Alte. Die hat mich angerufen und mir irgend etwas von einem wahnsinnig steilen Naturburschen erzählt, mit dem ich unbedingt ein Casting machen muß.

RUDI Der bin ich.

MÜLLER Und wieso arbeitest du bei mir als Kellner?

RUDI Ich hab' oft in Ihrer Werbeagentur angerufen, und die Sekretärin hat gesagt, sie verbindet mich, und dann ist es immer abgeschnappt. Und jetzt bin ich da.

MÜLLER Jetzt bist du da.

*Schweigen. Müller betrachtet Rudi.*

MÜLLER Wahnsinnsparty, was? War meine Idee. Identitätsparty. Sei, wie du bist. Ich glaube, daß die Identität überhaupt das größte Problem ist. Ich meine das nicht gesellschaftlich, da ist ja alles klar. Du bist Werbechef, du bist Bankdirektor, du bist Manager, du bist Politiker, okay. Nein, ich meine es menschlich. Was bist du für ein Mensch? Wer bist du wirklich, jenseits aller Titel und Positionen? Ich zum Beispiel bin zwei Menschen. Ein Zwitter sozusagen. Der eine ist total leer, depressiv, kommunikationsunfähig, hängt sicher mit der Kindheit zusammen. Wenn ich der andere bin, bin ich hyperaktiv, eine Idee jagt die andere, ein einziger Flash. Und du? Wie bist du drauf?

RUDI *aufgeregt* Super.

*Schweigen. Müller betrachtet Rudi. Müller hebt sein Bierglas.*

MÜLLER Was ist das?

RUDI *schnell* Bier.

MÜLLER Das ist das Bier eines meiner Kunden. Er gibt dreißig Millionen dafür aus, damit die ganze Nation sein Bier säuft. Nach einem 30-Sekunden-TV-Spot muß jeder glauben, er verdurstet, wenn er nicht dieses Bier kriegt. Okay?

*Müller kreuzt die Finger vor seinen Augen. Er betrachtet Rudi, als würde er ihn durch das Objektiv einer Kamera sehen.*

MÜLLER Du bist Holzfäller. Du hast deine schwere Arbeit beendet. Du schulterst die Hacke. Nah. Dein Mund ist ausgetrocknet. Deine Lippen sind aufgesprungen. Dein Durst ist übermächtig. Du kommst aus dem Wald. Totale. Du trittst in die Landschaft. Die Leitungsmasten werden wegretuschiert. Eine Bauernmagd kommt auf dich zu. Blonde Zöpfe, draller Busen. Halbnah. Sie befeuchtet ihre Lippen mit der Zunge. Nah. Sie bietet dir ihre nassen Lippen an. Du nimmst sie nicht wahr. Du kennst nur ein Ziel. Du verachtest sie.

RUDI *voller Bereitschaft* Ich haue ihr eins in den Magen, dann krümmt sie sich nach vorn, dann Handkantenschlag ins Genick und aus.

MÜLLER Ruhe. Kein Ton. Es läuft alles über Emotion. Du kommst ins Dorf. Die Wirtin, sie mag dich, steht am offenen Fenster des Wirtshauses. Sie hält dir ein Bier hin. Es ist von der Konkurrenz. Du bist halb wahnsinnig vor Durst. Aber du weißt, wenn du dieses Bier trinkst, wird es ein schales, leeres, abgestandenes Bier sein. Du haßt diese Frau. Du tötest sie mit deinem Blick.

*Ein magersüchtiges Mädchen in einem eng anliegenden Fitness-Dress kommt in die Küche. Hinter ihr kommen ein Kardinal und ein Vogel. Müller wendet sich sofort von Rudi ab und läßt ihn stehen. Der Kardinal ist der Waffenhändler Walter Leschitzky. Der Vogel ist der Journalist Peter Paul Sänger. Das magersüchtige Mädchen ist die Tochter Leschitzkys, Evelyne. Sie geht zum Abwasch, füllt ein Glas mit Wasser und spült ihren Mund aus.*

LESCHITZKY *(zu Evelyne)* Ist dir nicht gut, Evelyne? Möchtest du etwas Trockenes essen.

*(Evelyne ignoriert ihn, geht in eine Ecke der Küche und setzt sich – mit dem Rücken zu den anderen – auf einen Stuhl. Sie starrt vor sich hin.)*

LESCHITZKY *lachend zu Müller* Ihre Identitätsparty ist ja ein voller Erfolg. Sei, wie du bist. In Ausübung dieses Mottos habe ich gerade zu den Herren da draußen gesagt, meine Herren, habe ich gesagt, ich bin ein offener und gerader Mensch, und deshalb sage ich Ihnen ins Gesicht, ich glaube, es gibt keinen unter Ihnen, den ich nicht schon einmal bestochen habe. Ich habe sozusagen Ihre ganze Partei aufgekauft. Wäre es da nicht logisch, wenn ich auch noch ihre marode Parteizeitung dazukaufe? Die Herren wußten nicht, ob sie lachen oder ernst bleiben sollten. Was halten Sie von dieser Idee? Hätten Sie nicht Lust, sich an einer solchen Zeitung zu beteiligen? Natürlich müßte man überlegen, welche Richtung man dieser Zeitung gibt. Konservativ-wertgebunden? Oder liberal-horizontal? Oder vielleicht links-neutral? Direkt, wie ich nun einmal bin, habe ich mich gleich mit einem Journalisten unterhalten. Dieser junge Mann *er zeigt auf den Vogel* würde gerne mitarbeiten und ist offen für jede Richtung. Stimmt doch, oder?

*Sänger nickt mit seinem Vogelkopf.*

LESCHITZKY Ich hab' offene Menschen gerne. Offene Menschen hab' ich einfach gerne. Wie war doch Ihr Name?

SÄNGER Sänger.

LESCHITZKY Nein, nein. Ich meine diese drei Buchstaben.

SÄNGER Peter Paul Sänger, P. P. S.

LESCHITZKY *zu Müller* Originell, was?

*Leschitzky sieht den am Boden liegenden Kaiser Nero alias Minister Fischer.*

LESCHITZKY Was hat denn unser Herr Minister?

FISCHER Rom brennt.

*Leschitzky und Müller lachen. Das Lachen hört langsam*

*auf. Es entsteht eine kurze, peinliche Stille. Evelyne Leschitzky lacht laut und schrill auf. Sie steht auf und geht zur Tür. Peter Paul Sänger spricht sie an.*

SÄNGER Was machen Sie beruflich? Studieren Sie?

*Evelyne schaut ihn an und reagiert nicht. Schweigen. Rudi fühlt sich von den Anwesenden völlig ignoriert. Er zieht seine Pistole, entsichert sie, läuft zu Evelyne Leschitzky und setzt ihr die Pistole an die Schläfe.*

RUDI *zu Müller* Das kann ich auch. Das hab' ich in einem Film gesehen. Nicht im Kino, im Fernsehen. Zwei Räuber haben die Bank überfallen und sind mit dem Auto und den Geiseln weg. Alle sind ihnen nach, aber keiner hat sich getraut, ihnen was zu tun. Dann haben sie einen Autobus voll mit Geiseln genommen, und die Polizei hat sich noch weniger getraut. Dann haben sie von den Geiseln zwei Frauen ausgesucht und sind mit einem schnellen Auto davon. Auf der Autobahn hat die Polizei sie überfallen, und dann hat der eine Räuber die eine Frau erschossen. Das kann ich auch. Das bring' ich auch zusammen.

MÜLLER *schreit* Weg mit der Waffe!

RUDI *schreit* Wenn ich bei dem Film nicht mitspielen kann, mach' ich das auch. Ich bin beinhart!

*Müller und Leschitzky weichen ein paar Schritte zurück. Sänger geht auf Zehenspitzen zur Küchentür. Rudi richtet die Waffe auf ihn.*

RUDI Stehenbleiben!

*Sänger bleibt stehen. Evelyne schaut Rudi an. Rudi setzt die Pistole wieder an ihre Schläfe. Schweigen. Plötzlich lacht Leschitzky laut heraus.*

LESCHITZKY Ich sage Ihnen, meine Herrschaften, dieser junge Mann hat uns alle übertroffen. Das ist eindeutig die beste Identitätsdarstellung. Sei, wie du bist. Eins zu eins. Großartig.

MÜLLER Von Waffen war nie die Rede.

LESCHITZKY Aber ich bitte Sie, lieber Müller. Von Waffen ist beinahe immer die Rede. Ich rede gerne über Waffen, ist ja auch mein Beruf. Sie reden doch auch gerne über den Ihren. Tatsache ist, daß heute ein Drittel unserer Exporte Waffen und anverwandtes Gerät sind. Wir tragen doch ganz wesentlich zum Wohlstand dieses Landes bei. Soll ich mich dafür schämen? Wenn ich allerdings daran denke, was man so alles über mich redet, könnte ich mich ja beinahe für den Teufel in Person halten.

*Während er redet und lacht, geht er langsam auf Rudi zu.*

LESCHITZKY Und was die Medien erst über mich schreiben, wenn ich das alles ernst nehmen würde. Die dunklen Geschäfte des Waffenhändlers Leschitzky. Vonwegen dunkel. Haben Sie eine Ahnung, wie viele Sitzungen, Angebotserstellungen, Telefonate, Telexe notwendig sind, bis so ein Geschäft zustande kommt. Nicht zu vergessen die Exportgenehmigungen durch die zuständigen Ministerien. *Zu Sänger* Na, Sie Vogel, Sie haben ja auch einiges über mich geschrieben. Geben Sie es doch zu.

*Sänger hebt bedauernd und entschuldigend seine Flügel.*

LESCHITZKY Ich nehme es Ihnen nicht übel. Im Gegenteil. Unser Freund Müller macht Werbefilme, ich verkaufe Waffen, und der P. P. S. kritisiert mich. So soll es sein, und so muß es sein. Wir leben in einer freien Gesellschaft.

*Leschitzky ist ganz nahe bei Rudi.*

LESCHITZKY Und dieser junge Mann will zum Film. Ist doch wunderbar. Geben Sie ihm doch die Rolle, Müller. Ich habe aufstrebende, junge Menschen gerne. Was haben wir denn da? Keine Angst, ich will Ihnen die Pistole nicht wegnehmen. Ich bin gerührt. Ich bin aufrichtig gerührt. *Zu Müller* Wissen Sie, womit dieser junge Mann gerade meine Tochter berührt? Mit einer alten FN-Browning. Mit so etwas habe ich angefangen, ganz klein habe ich angefangen. Das ist eine Rarität, meine Herren. Findet man nur in ganz zurückgebliebenen, kleinen Waffengeschäften am Lande. Junger Mann, Sie haben mich an die Quellen meines Berufes geführt. Zurück in die Zeit der ersten Hoffnungen, der ersten Rückschläge. Ich war wie Sie. Stürmisch wollte ich nach oben, koste es, was es wolle. Aber da war die Welt, die verschlossen und abweisend auf mich blickte. Und da waren vor allem die lieben Kollegen, die keinen Neuen im Geschäft duldeten. Ich bin gerührt. Ich bin wirklich gerührt. Junger Mann, hier, nehmen Sie meine Karte. *Er drückt seine Visitenkarte in Rudis Hand und nimmt ihm die Pistole weg. Rudi läßt es geschehen und betrachtet die Visitenkarte.* Wenn Sie einmal Hilfe brauchen, auf Ihrem harten Weg nach oben, melden Sie sich. Sie werden immer ein offenes Ohr bei mir finden.

*Die Küchentür fliegt auf. Laute Marschmusik dröhnt herein. Die Partygäste haben eine Schlange gebildet, sie stürmen in die Küche. Es sind Manager, Politiker, Modefriseure, Werbeleute, Anwälte, in aberwitzigsten Verkleidungen. Sie nehmen Sänger, Evelyne, Leschitzky, Müller und Kaiser Nero an den Händen und ziehen sie in die Reihe. Die Schlange marschiert trampelnd und johlend aus der Küche. Rudi schließt die Küchentür. Er betrachtet die Visitenkarte, trommelt sich mit den Händen auf die Brust und läßt einen Freudenschrei los. Von draußen hört man die Marschmusik. Rudi nimmt ein Tablett und stellt saubere Gläser darauf. Er nimmt das Tablett hoch und geht zur Küchentür. Die Küchentür geht auf, und Evelyne Leschitzky kommt herein. Sie hat Rudis Pistole in der Hand. Sie richtet sie auf Rudi. Rudi weicht – mit dem Tablett in den Händen – zurück. Plötzlich hält Evelyne Rudi die Pistole hin.*

EVELYNE Bitte machen Sie es noch einmal.

RUDI Was?

EVELYNE Setzen Sie mir die Pistole an die Schläfe.

RUDI Nein. Nein. Ich will Ihren Vater nicht ärgern. Der ist so toll.

EVELYNE Er ist tot.

RUDI Wieso tot?

EVELYNE Jeder, der lebt, ist tot. Alle Lebenden sind tot. Weißt du das nicht? Auf der Welt ist alles umgekehrt. Immer das Gegenteil. Die Lebenden sind tot. Die Nacht ist der Tag. Der Schmerz ist die Freude. Das Helle ist dunkel. Wer dünn ist, ist dick.

*Rudi stellt das Tablett ab, lacht, nimmt ihr die Pistole aus der Hand und steckt sie ein.*

RUDI *lachend* Sind Sie auch tot?

*Evelyne schaut ihn lange an.*

EVELYNE Ja, leider.

RUDI *lachend* Und ich? Was ist mit mir?

*Rudi nimmt das Tablett wieder auf.*

EVELYNE Ich weiß es nicht. Ich kann dich nicht sehen. Es ist so dunkel hier.

RUDI *lachend* Es ist hell.

EVELYNE Vergiß nicht. Das Helle ist dunkel. Und das Dunkle ist hell. Wenn ich dich sehen soll, mußt du das Licht abdrehen.

*Rudi schaut sie an. Er stellt das Tablett wieder ab, geht zum Drehschalter und macht das Licht etwas schwächer.*

RUDI Paßt es so?

EVELYNE Nein. Es ist noch zu wenig hell.

*Rudi dreht das Licht noch schwächer. Der Raum ist fast dunkel.*

EVELYNE Komm her. Jetzt kann ich dich sehen.

*Rudi geht zu ihr hin. Sie fährt ganz langsam mit ihren Fin-*

*gern über Rudis Gesicht, über seine Brust, über seinen Bauch, über seine Beine, über seine Füße.*

EVELYNE Du lebst.

RUDI *lacht* Bin ich froh.

EVELYNE Du kannst mir helfen.

RUDI Wie denn?

EVELYNE Du mußt mich erschüttern.

RUDI Wie geht das?

EVELYNE Wie ich es dir gesagt habe. Nimm die Pistole und setze sie an meine Schläfe. Aber fest.

*Rudi schaut zur Küchentür und nimmt seine Pistole heraus und setzt sie zögernd an Evelynes Schläfe. Sie nimmt den Lauf in ihre Hand. Rudi will die Pistole wegziehen, sie drückt den Lauf fest an ihre Schläfe. Sie fährt mit dem Lauf über ihr Gesicht, über den Hals, über ihre Brust. Rudi will seine Hand wegziehen, sie hält den Pistolenlauf fest. Sie fährt mit dem Lauf über ihren Bauch, zwischen ihre Beine. Ein Schuß löst sich. Blackout. Man hört die Marschmusik.*

## 8. Szene

*Die Marschmusik klingt aus. Stille. 2 Uhr nachts. In der Sozialwohnung von Magda Schneider. Der Raum wird von Taschenlampen erleuchtet, die an der Wand hängen. Schneider stellt in Cellophan verpackte, große Schokoladen-Osterhasen in die Mitte des Raumes.*

BLEYS STIMME *aus dem Kasten* Wo ist das Kokain?

SCHNEIDER Gleich kommt der Osterhase.

*Man hört, wie Pfarrer Bley mit den Füßen gegen die Innenwände des Kastens trommelt.*

BLEYS STIMME *aus dem Kasten* Magda, wo hast du das Kokain versteckt?

SCHNEIDER Ruhe. Sonst läuft der Osterhase weg.

*Man hört Trampeln und Brüllen aus dem Kasten. Schneider schaut sich in Ruhe das Osterhasen-Arrangement an. Sie geht zum Warenberg, nimmt einige Schokoladeeier und Schokoladeküken, geht zurück zum Arrangement und drappiert es. Bley trommelt gegen die Kastenwände und brüllt. Schneider geht zum Kasten und sperrt ihn auf.*

SCHNEIDER Der Osterhase ist da.

*Bley kriecht auf allen vieren aus dem Kasten.*

BLEY Wo ist es versteckt? Wo ist es versteckt?

SCHNEIDER Frohe Ostern.

BLEY Ostern? Warum ist jetzt Ostern? Jetzt ist doch nicht Ostern.

SCHNEIDER Das Schokoladezeug wird sonst ranzig.

*Bley kriecht auf allen vieren zum Kassettenrekorder. Er stellt auf PLAY. Es ist keine Kassette im Rekorder. Man hört nur das überlaute Rauschen des Rekorders. Bley preßt sein Ohr an den Lautsprecher. Schneider geht zu ihm hin und stellt den Kassettenrekorder ab.*

BLEY Es tut so weh, Magda. Es tut so weh. Hilf mir.

*Schneider stellt sich hinter die Osterhasen. Bley kriecht ihr nach und zwängt seinen Kopf zwischen ihre Beine.*

BLEY Magda! Magda! Weißt du, wo ich immer hingehe, Magda? Ich gehe zum Bahnhof, zu den süchtigen Kindern, Magda. Ich muß tun, was sie tun. Ich gehe mit ihnen in die Toiletten, Magda, und wir teilen das Zeugs. Wenn die Razzia kommt, Magda, laufe ich mit ihnen davon. Und manchmal, Magda, manchmal gehe ich zu den Plätzen, wo die Ausländer, die Flüchtlinge sitzen und auf eine Arbeit warten. Sie warten, Magda, bis einer vorbeikommt und ihnen Arbeit gibt. Für ein paar Stunden, Magda, für einen Tag. Ich verleugne meine Sprache, um einer von ihnen zu sein. Nachts, Magda, nachts bin ich in den unterirdischen Geschäftspassagen. Ich sehe das Erbrochene der betrunkenen Arbeitslosen, und weißt du, was ich mache, Magda? Ich lege mich hinein. Ich lege mich hinein in das Erbrochene. *Er schluchzt* Ich bin den Menschen nahe, Magda. So unendlich nahe. Hilf mir, Magda, hilf mir.

SCHNEIDER Soll ich dir die neue Unterwäsche zeigen? Sie ist um drei Nummern zu eng. Noch, aber das gibt sich.

BLEY Bleib hier, Magda. Geh nicht weg, Magda.

*Er klammert sich an ihre Beine.*

BLEY Du bist so schön, Magda, wie ein großer, unüberwindlicher Berg.

SCHNEIDER Seit ich dich kenne, habe ich wieder eine Achtung vor mir. Ich stehle nur noch gesunde Sachen. Aus der Diätabteilung. Egal, was bei den Süßwaren im Angebot ist.

BLEY Dein Körper kommt aus der Erde, und dein Antlitz wächst in den Himmel. Du hast Täler, Magda, in denen klare Bäche rinnen, und sanfte Hügel, Magda, und Bäume, in deren Schatten ich ewig verweilen kann.

SCHNEIDER Du wirst schon sehen, wie ich aussehen werde. Du mußt dich nicht mehr für mich schämen. Du kannst mich überallhin mitnehmen. Ich werde sogar in der Reklame auftreten. Vorher, nachher.

BLEY Es ist so schön mit dir, Magda. Sag mir einfach, wo du es versteckt hast.

SCHNEIDER *fleht ihn an* Christian, hör auf.

*Pfarrer Bley beginnt zu schluchzen. Schneider schluchzt mit ihm und streichelt ihm den Hals und den Rücken. Pfarrer Bley beißt ihr in das Bein. Sie schreit auf.*

BLEY *schreit* Gib endlich das Zeug her, du Vettel.

*Schneider tritt mit dem Fuß nach ihm.*

SCHNEIDER Friß den Osterhasen!

BLEY Ja, Magda. Ich esse den Osterhasen. Ich bin brav, Magda.

*Bley kriecht auf allen vieren zu den Osterhasen.*

BLEY Welchen soll ich denn essen, Magda?

SCHNEIDER Den größten.

BLEY Freilich, Magda. Den größten. Ich esse den größten.

*Er reißt das Cellophan von einem der Osterhasen und wickelt ihn auf. Er stopft sich Schokolade in den Mund. Er würgt sie hinunter.*

BLEY Bin ich lieb, Magda? Hast du mich so gerne? Kriege ich etwas, wenn ich ihn brav aufesse?

SCHNEIDER Vielleicht.

BLEY Alles aufgegessen. Kein Krümelchen mehr vorhanden. Und jetzt, Magda, jetzt . . .

SCHNEIDER *unterbricht ihn* Iß noch einen.

BLEY Noch einen, Magda? Das ist nicht schön von dir, Magda. Wenn man einem Menschen etwas verspricht, dann muß man es halten.

SCHNEIDER Iß!

*Bley wickelt einen zweiten Osterhasen aus und fängt an, ihn hinunterzuwürgen.*

BLEY Nein, Magda, das ist wirklich nicht schön von dir. Du hast keinen guten Charakter. Nein. Nein. Das ist häßlich von dir. Sehr, sehr häßlich. *Er spuckt Schokolade aus und schreit.* Du bist so häßlich, Magda, so unendlich häßlich!

*Er steht auf und springt ihr an die Gurgel. Er würgt sie.*

BLEY Dein Fett! Deine Haare! Deine falschen Zähne! Dein Atem! Deine faltige Haut! Alles ist so unendlich häßlich!

*Schneider zeigt mit einer Hand immer wieder zum Warenberg.*

SCHNEIDER *preßt hervor* Da. Da. Da. Da. Da.

BLEY Was ist da, Magda? Das Zeug? Warum sagst du es nicht gleich, Magda?

*Er läßt sie los und stürzt zum Warenberg. Er wühlt wie ein Maulwurf im Warenberg. Sie reibt sich den Hals. Sie geht zum Osterarrangement und ißt – gedankenlos – den Osterhasen auf.*

SCHNEIDER Ich verstehe es nicht. Mein ganzes Leben lang werde ich es nicht verstehen. Man zeigt den Männern ein Stück von seinem Herz, und sie wollen das ganze. Und wenn man ihnen das ganze gibt, dann schlagen sie darauf ein. Immer schlagen sie darauf ein. Schlagen. Schlagen. Schlagen. Schlagen.

*Bley hat eine silberne Dose gefunden. Er öffnet sie. Er nimmt einen kleinen Spiegel, ein Röhrchen, eine Rasierklinge und das Kokain heraus. Er schüttet das Kokain auf den Spiegel und schiebt es mit der Rasierklinge zu einem kleinen Häufchen zusammen. Er steckt das Röhrchen in die Nase und zieht das Kokain auf.*

BLEY Verzeih mir, Magda. Du weißt gar nicht, wie leid es mir tut, daß ich mich so benommen habe.

*Es klopft.*

BLEY *zu Schneider* Wer kommt da?

SCHNEIDER Was weiß ich?

*Bley läßt das Kokain verschwinden.*

BLEY Mach auf.

*Schneider geht zur Tür und sperrt auf. Rudi steht vor der Tür. Er hat sein weißes Ober-Jackett an und ist völlig durcheinander. Er hat eine Flasche Sekt in der Hand.*

BLEY Rudi! Komm herein.

*Rudi kommt zögernd in den Raum.*

BLEY Rudi, laß dich anschauen. Wie geht es dir? Was ist los?

RUDI Kann ich da übernachten?

BLEY Natürlich kannst du hier übernachten. Nicht wahr, Magda, er kann hier übernachten? Aber jetzt erzähle. Was hast du alles erlebt?

*Rudi hebt die Flasche Sekt in die Höhe.*

RUDI Bald kennt mich jeder. Ich bin der Größte.

BLEY Hast du es geschafft? Bist du zum Film gekommen?

RUDI Ich habe alle besiegt.

BLEY Mach den Sekt auf, Rudi. Das müssen wir feiern.

*Bley holt drei Becher. Rudi macht den Sekt auf, schüttelt die Flasche und spritzt den Sekt in den Raum.*

RUDI *schreit* Ich bin der Champion. Ich bin ganz oben. Ich bin der Star.

*Er gießt den Sekt in die Becher. Bley hebt seinen Becher.*

BLEY Auf unseren Filmstar!

*Schneider nimmt Rudi die Sektflasche aus der Hand und betrachtet sie.*

SCHNEIDER Den kriegt man im Bahnhof. Gestohlen oder gekauft?

RUDI *zu Bley* Sie soll auch sagen, daß ich der Größte bin.

BLEY Bitte, Magda, bitte.

*Schneider reagiert nicht. Bley nimmt Rudi um die Mitte und hebt ihn hoch.*

BLEY Du bist der Größte. Du bist der Größte.

*Er läßt Rudi wieder herunter. Rudi klammert sich an Bley und läßt ihn nicht mehr los.*

BLEY Ist schon gut, Rudi, ist schon gut. Was ist los mit dir, Rudi? Ist dir nicht gut? Das ganze war zuviel für ihn. Bist du müde? Möchtest du schlafen? Reden können wir morgen auch noch. Warte, ich mache dir das Bett.

*Bley löst sich von Rudi, geht zu den Matratzen und schiebt sie zurecht.*

BLEY Komm, leg dich her.

*Rudi rührt sich nicht. Bley führt ihn zu den Matratzen und hilft ihm beim Hinlegen.*

BLEY Ruh dich aus, Rudi.

*Schneider beobachtet die beiden.*

SCHNEIDER Und wo werden wir schlafen?

BLEY *flehentlich* Magda.

*Schneider nimmt den Becher mit Sekt und trinkt. Sie beobachtet die beiden.*

BLEY Komm, Rudi, schließ die Augen. Ist es dir zu hell? Warte, ich mache es dunkler.

*Bley steht auf und schaltet eine Reihe von Taschenlampen ab.*

BLEY Ist es dir so recht, oder willst du es noch dunkler?

*Schweigen. Rudi reagiert nicht.*

BLEY Warte, ich lege mich zu dir. Dann kannst du besser einschlafen.

*Bley legt sich neben Rudi. Schneider trinkt und beobachtet die beiden. Langes Schweigen.*

BLEY Schläfst du?

*Rudi schüttelt den Kopf.*

BLEY Darf ich dich streicheln, damit du zur Ruhe kommst?

*Bley öffnet die Knöpfe von Rudis Jackett und streichelt seine Brust. Schneider schaltet die Taschenlampen wieder ein.*

BLEY Komm, Magda, leg dich neben uns.

*Schneider legt sich neben Bley auf den Boden. Bley liegt jetzt in der Mitte, Rudi links außen und Schneider rechts außen. Langes Schweigen.*

BLEY Möchtest du nicht doch ein bißchen erzählen, Rudi? Wie bist du zum Film gekommen? Wie hast du es geschafft?

RUDI Es war nicht leicht.

BLEY Ja, Rudi, ja. Hat dich die Dame zum Film gebracht? Darf ich dich hier auch streicheln?

*Bley fährt mit seiner Hand in Rudis Hose und bewegt seine Hand langsam auf und ab. Schneider klammert sich wie ein Rucksack an Bley.*

SCHNEIDER Das ist schön, wenn alle zusammen sind. Vater, Mutter, Kind.

BLEY Erzähle, Rudi, erzähle.

*Bley fährt mit seiner Hand auf und ab.*

RUDI Bei der Dame war es ganz schön hart.

BLEY Du mußtest viel lernen, bevor du zum Film durftest.

RUDI Dann habe ich den Herrn von der Werbefirma kennengelernt.

BLEY Er war sofort von dir begeistert.

RUDI Ich war ein Holzfäller, der einen irrsinnigen Durst auf ein Bier hat.

BLEY Du hast das großartig gespielt.

RUDI Dann ist ein Kardinal und ein Vogel gekommen.

BLEY Beim Film ist alles möglich.

RUDI Und die Evelyne.

BLEY Ein Mädchen?

RUDI Ja, so eine Magere.

BLEY Sie war sofort in dich verliebt.

RUDI Sie hat gesagt, daß ich lebe.

BLEY Und wie du lebst.

RUDI Ich muß sie erschüttern, hat sie gesagt.

BLEY Du hast sie erschüttert.

RUDI Sie hat meine Hand genommen und ist überall hingefahren.

BLEY Überall.

RUDI Und auf einmal ... aaaaah!

*Rudi schreit auf und krümmt sich zusammen. Bley zieht seine Hand aus Rudis Hose. Schneider nimmt Bleys Hand und schleckt sie ab. Bley beugt sich über Rudi.*

BLEY War es schön für dich, Rudi?

*Plötzlich bäumt sich Rudi auf und schreit.*

RUDI Ich habe das Mädchen erschossen. Erschossen. Erschossen.

*Blackout. Pause.*

# 9. Szene

*12 Uhr mittag. In der Penthousewohnung des Waffenhändlers Walter Leschitzky. Man sieht einen großen, hellen Raum, die ganze Rückfront ist aus Glas. Vor der Glaswand – in der Mitte – steht ein zugedeckter, länglicher Gegenstand. Er ist mit einem schwarzen Samttuch verhüllt. Links eine Tür, rechts eine Tür, sonst nichts. Eine Stadtbahn fährt draußen vorbei. Diesmal hört man das Stadtbahngeräusch – im Unterschied zur vierten Szene – nicht von oben, sondern von unten, und es ist wesentlich leiser. Stille. Die linke Tür öffnet sich. Ein Diener im Gewand eines Jagdgehilfen – grüner Anzug und grüner Hut mit Feder – bringt Pfarrer Bley in den Raum. Der Diener läßt Bley stehen und geht durch die rechte Tür ab. Bley ist sehr aufgeregt. Stille. Die linke Tür öffnet sich, und der Waffenhändler Walter Leschitzky kommt in den Raum. Er hat einen schwarzen Anzug an.*

LESCHITZKY *zu Bley* Was kann ich für Sie tun?

BLEY *voller Aufregung* Mein Name ist Christian Bley.

LESCHITZKY Ja?

BLEY Ich bin Priester.

LESCHITZKY Sehr schön. Ich habe ein gutes Verhältnis zur Geistlichkeit.

BLEY Mein Freund hat Ihre Tochter erschossen.

LESCHITZKY Ach.

BLEY Ich flehe Sie an. Er ist unschuldig.

LESCHITZKY Unschuld, lieber Herr Pfarrer, ist ein Zustand, den es auf dieser Welt nicht gibt. Wir alle sind Sünder. Die Sünde ist überall. Sie ist so selbstverständlich, daß sie beinahe eine Banalität ist. Aber das müßten Sie doch am besten wissen.

BLEY Es war ein Unfall. Ihre Tochter wollte, daß der Junge sie berührt. Mit der Pistole. Eine Art Spiel, verstehen Sie? Dabei muß sich dieser schreckliche Schuß gelöst haben. In seiner Angst ist der Junge davongerannt. Bitte, glauben Sie mir. Er wollte Ihrer Tochter nichts antun.

LESCHITZKY Der junge Mann steht Ihnen wohl sehr nahe?

BLEY Ja.

LESCHITZKY Sie lieben ihn geradezu?

BLEY Ja.

LESCHITZKY Ich liebe meine Tochter.

*Die rechte Tür geht auf. Ein Jagdgehilfe führt Erwin Fischer, den Minister für Landesverteidigung, in den Raum. Leschitzky wendet sich von Bley ab.*

LESCHITZKY Ah, Herr Minister. Das freut mich. Das freut mich sogar außerordentlich.

FISCHER Lieber Leschitzky, ich möchte mich auch bei Ihnen in aller Form entschuldigen.

LESCHITZKY *lachend* Wofür denn?

FISCHER Mein Auftritt bei dieser sogenannten Identitätsparty als Kaiser Nero ... der Grad meiner Alkoholisierung ... anders kann man es wohl nicht nennen ... glauben Sie mir, das ist wirklich nicht meine Art.

LESCHITZKY Aber ich bitte Sie, Herr Minister. Rom brennt. Das war doch durch und durch gelungen. Die beste Darstellung hat allerdings dieser junge Mann mit der Pistole geliefert. Darf ich die Herren bekannt machen? Pfarrer Christian Bley, und das ist unser Minister für Landesverteidigung, Herr Erwin Fischer.

FISCHER Angenehm. Lieber Leschitzky, ich bin terminlich ein bißchen unter Druck.

LESCHITZKY Wie konnte ich das nur vergessen? Wir werden

die Sache sofort hinter uns bringen. Stört Sie die Anwesenheit eines Geistlichen? Mich nicht. So etwas nimmt meinem Beruf das Anrüchige.

*Leschitzky geht mit Fischer zu dem verdeckten Gegenstand. Bley geht in eine Ecke des Raumes.*

LESCHITZKY Lieber Herr Pfarrer, warum so abseits? Wir haben nichts zu verbergen, im Gegenteil. Wir haben etwas zu enthüllen. Kommen Sie doch näher.

BLEY Ich warte, bis Sie wieder Zeit haben.

*Leschitzky geht auf Bley zu.*

LESCHITZKY Ich verspreche Ihnen, daß wir unser Gespräch gleich wieder fortsetzen. Aber jetzt müssen Sie mir ein klein wenig Ihre Aufmerksamkeit schenken.

*Er nimmt Pfarrer Bley am Arm und führt ihn zum verdeckten Gegenstand. Er imitiert eine Fanfare und lacht. Er nimmt das schwarze Samttuch vom Gegenstand. Ein Gewehr auf einer Lafette kommt zum Vorschein. Der Lauf des Gewehres zielt aus dem offenen Fenster der Glasfront.*

LESCHITZKY Was Sie hier sehen, meine Herren, ist das absolut Neueste auf dem Gebiete der automatischen Feuerwaffe. Das Ansuchen um Exporterlaubnis ist ausgefertigt. Ein Original, sechs Kopien. *Zum Minister* Sie brauchen nur noch zu unterschreiben. Vorher aber möchte ich Ihnen dieses Wunderding erklären. Seit Jahrhunderten zielt der Schütze auf das Opfer. Erst mit seinem Auge, später mit Hilfseinrichtungen, wie Zielfernrohr und dergleichen. Die Treffsicherheit stieg, stieg sogar enorm, wenn man an die modernen Lasereinrichtungen denkt, aber es blieb ein Rest an Unsicherheit, an Ungenauigkeit, oder, um es volkstümlich auszudrücken, es wird noch immer danebengeschossen. Mit diesem Gewehr ist das unmöglich, die Trefferquote ist hundert Prozent. Und dies, meine Herren, aus einem ganz einfachen Grunde. Es geht nicht mehr um das

Auge des Schützen, es geht um das Auge des Opfers. In der Iris des Auges befindet sich eine Substanz, eine ciliare Pigmentfraktion, und auf diese Substanz ist das Projektil eingerichtet oder abgerichtet, wenn man so will. Die Kugel landet im Auge des Opfers, ob der Schütze nun etwas besser oder schlechter zielt. Wie gesagt, hundertprozentige Trefferquote. Sie folgen mir, meine Herren?

FISCHER Natürlich.

LESCHITZKY Nun hat die Wissenschaft herausgefunden, daß diese Substanz, diese Pigmentfraktion in der Iris des Auges, von Rasse zu Rasse unterschiedlich ist, und genau dieses Problem löst diese Einrichtung. *Er zeigt auf eine Wahlscheibe, welche sich an der Seite des Gewehres befindet.* Mit dieser Wahlscheibe stellen Sie die Rasse des Opfers ein. Dieses Gewehr beispielsweise ist für den Export in den arabischen Raum bestimmt, nehmen wir also den Überbegriff orientalische Rasse. *Er dreht den Zeiger der Wahlscheibe auf »Orientalische Rasse«.* So. Und jetzt zielen wir so ungefähr und drücken auf diesen Knopf.

*Ein Schuß fällt. Eher leise.*

LESCHITZKY Das war's. Gedämpft. Rückstoßfrei und treffsicher. Was sagen Sie nun?

FISCHER Interessant.

LESCHITZKY Wollen Sie nicht probieren, lieber Minister? Es geht so einfach. Sehen Sie doch.

*Leschitzky drückt auf den Knopf. Der zweite Schuß fällt.*

FISCHER Offen gesagt, lieber Leschitzky, ich bin im Grunde meines Wesens ein pazifistischer Mensch. Ich habe das Verteidigungsministerium eher aus Verlegenheit übernommen. Ich hatte vorher das Kultus- und dann das Finanzministerium. Und ebenso offen gesagt, ich trete für den Ausstieg des Staates aus der Waffenproduktion ein. Ich bin eigentlich für die Schließung dieser Fabriken, bleibt natürlich das Problem, wohin mit den Menschen, die ihren Arbeitsplatz verlieren.

LESCHITZKY Aber das ist doch wunderbar. Diese Freigestellten sind doch alles Leute, die sich mit Waffen bestens auskennen. Sie haben sie ja selbst hergestellt. Die müssen nicht arbeitslos werden. Die können wir ins Programm nehmen. Sehen Sie, meine englischen Konkurrenten bieten nicht nur Waffen, sondern auch gleich die dazugehörigen Bedienungsmannschaften an. Das nenne ich europareif. Wir wollen doch auch europareif werden, oder? *Er zeigt auf das Gewehr.* Darf ich bitten?

*Minister Fischer steht unentschlossen neben dem Gewehr.*

LESCHITZKY Sie dürfen dabei sogar wegschauen.

*Fischer drückt – ohne zu zielen – kurz auf den Knopf. Der dritte Schuß fällt.*

LESCHITZKY War es so schlimm? Nein? Habe ich Ihnen doch gesagt. Wenn man es einmal macht, möchte man immer wieder.

*Leschitzky drückt dreimal hintereinander auf den Knopf. Der vierte Schuß fällt. Der fünfte Schuß. Der sechste Schuß.*

LESCHITZKY Und nun zu Ihnen, Herr Pfarrer. Was starren Sie mich so an? Glauben Sie, daß die Geistlichkeit unsereins verachten muß? Im Gegenteil, mein Freund, im Gegenteil. Haben Sie von dem Staatsstreich in Westafrika gehört? Wissen Sie, wer die Auftraggeber waren? Einige Kardinäle aus dem Vatikan. Die Kosten des Putsches beliefen sich auf knapp vier Millionen Dollar. Der Betrag deckte das gesamte militärische Gerät, einschließlich 7,62 Millimeter Natomunition, dreimonatiges Trainingslager für die engagierten Söldner, sowie Ermordung des alten Präsidenten und Stellung eines neuen. Die Durchführung lag in Schweizer Händen. Ja, die Schweizer. Die sind unschlagbar. Die sind unschlagbar. Wollen Sie hinter Ihren Kirchenoberen zurückbleiben, lieber Herr Pfarrer? *Er zeigt auf das Gewehr.* Bitte sehr.

BLEY *verzweifelt* Ich muß mit Ihnen reden.

LESCHITZKY Ich weiß, Herr Pfarrer, ich weiß. Haben Sie mich nicht vorhin um etwas angefleht? Und jetzt wollen Sie mir eine kleine Gefälligkeit verweigern?

*Bley drückt auf den Knopf. Der siebente Schuß fällt, halblaut, wie alle anderen.*

LESCHITZKY Das war's. *Zu Fischer* Darf ich Sie ins Arbeitszimmer bitten? Die Exportanträge liegen zur Unterschrift bereit. *Zu Bley* Ich bin gleich wieder hier.

*Leschitzky geht mit Fischer durch die linke Tür ab. Bley geht in eine Ecke des Raumes, schaut nach links und rechts und zieht seine Kokaindose aus der Tasche. Die linke Tür geht auf, und Walter Leschitzky schaut kurz herein.*

LESCHITZKY Herr Pfarrer. Wenn Sie hier Rauschgift nehmen wollen, müssen Sie das durchaus nicht im geheimen tun. Ich bin am gesamten Inlandsumsatz mit fünfzig Prozent beteiligt.

*Walter Leschitzky verschwindet wieder. Bley starrt auf die Tür. Er steckt die Silberdose wieder ein. Die linke Tür geht wieder auf, und Evelyne Leschitzky kommt in den Raum. Sie stellt sich an die Wand und lauscht. Bley starrt sie an.*

BLEY Sind Sie Evelyne? Die Tochter?

*Evelyne nickt und macht ein Zeichen, daß er still sein soll.*

BLEY Sie leben?

*Evelyne macht ein Zeichen mit dem Finger, daß er zu ihr kommen soll. Bley geht langsam auf sie zu. Evelyne zeigt auf die linke Tür.*

EVELYNE *leise* Gleich kommt der Tod. Durch diese Türe.

*Schweigen. Die linke Tür geht auf, und Walter Leschitzky*

*kommt lachend in den Raum. Hinter ihm kommt Minister Fischer.*

LESCHITZKY *zu Fischer* Wie ich höre, lesen Sie auch Gedichte. Auf einer Schallplatte. Das hat mich sehr beeindruckt.

FISCHER Für einen guten Zweck.

*Leschitzky sieht seine Tochter und geht auf sie zu. Er breitet seine Arme aus.*

LESCHITZKY Evelyne, mein Kind.

*Evelyne lacht auf und verläßt schnell den Raum.*

BLEY *zu Leschitzky* Ihre Tochter lebt. Warum haben Sie das nicht gesagt?

*Leschitzky geht zu Bley und legt ihm seinen Arm um die Schulter.*

LESCHITZKY Sie haben recht. Die wichtigsten Dinge kommen immer zuletzt. Wissen Sie, Herr Pfarrer, das Kind macht mir schreckliche Sorgen. Ich komme in einen Raum, und sie geht aus dem Raum. Ich gehe ins Eßzimmer, und sie geht in die Bibliothek. Ich gehe in die Bibliothek, sie geht ins Arbeitszimmer. In letzter Zeit nimmt sie das Bettzeug und geht ins Gästezimmer, wenn ich abends in ihr Schlafzimmer komme, um ihr einen Gutenachtkuß zu geben. Ich verstehe ja, daß die jungen Leute Distanz brauchen, daß sie nicht ständig mit uns Alten zusammensein wollen, aber auf diese Art. Und dieses merkwürdige Lachen. Ich habe ihr schon vorgeschlagen, daß sie ein Jahr nach Paris oder London geht, aber sie will nicht. Sie will in meiner Nähe sein, ob zu Hause oder bei Einladungen, sie will dabeisein, aber immer in einem anderen Raum als ich. Verstehen Sie das? Ach, tut das gut, sich ein wenig auszusprechen.

FISCHER *ungeduldig* Die Endverbraucherzertifikate sind ja wohl in Ordnung?

*Leschitzky läßt Bley stehen und wendet sich Fischer zu.*

LESCHITZKY *lachend* Sie sind bestens gefälscht, wenn ich so sagen darf.

*Fischer schüttelt den Kopf.*

FISCHER Ihren Humor müßte man haben.

*Fischer geht zur rechten Tür.*

LESCHITZKY Lieber Minister, ich habe ein Essen vorbereitet. Sie bleiben doch hier?

FISCHER Tut mir leid. Ich habe keine Zeit zum Feiern.

*Er geht zur rechten Tür. Die rechte Tür geht auf. Jagdgehilfen – in grünen Anzügen mit Hut und Feder – tragen Leichen herein. Minister Fischer drängt sich an ihnen vorbei und verläßt den Raum. Pfarrer Bley starrt zur Tür. Die folgenden Bühnenvorgänge haben etwas Selbstverständliches, ja »Ruhiges« an sich. Im Unterschied zum »Auf und ab« in den bisherigen Szenen geht es jetzt »normal« zu.*

LESCHITZKY Ah, die Beute.

*Die Jagdgehilfen tragen sieben Leichen herein. Einen Iraner, zwei Ägypter und einen Türken in der Uniform der Zeitungskolporteure, einen syrischen Rosenverkäufer, der noch den Rosenstrauß in der Hand hält, einen älteren Mann im besudelten Anzug, einen Kurden im abgetragenen Straßengewand. Bei jeder Leiche ist ein Auge durchschossen.*

LESCHITZKY Legt sie bitte hier auf den Boden.

*Bley beobachtet alles wie in Trance. Die Leichen werden mit dem Kopf in Richtung Publikum auf die Bühne gelegt – eine neben der anderen. Ein Jagdgehilfe bringt eine Silberschüssel mit Äpfeln herbei, ein anderer einen Korb mit Tannenreisig. Leschitzky nimmt die erste Leiche an den Haaren und hebt den Kopf hoch. Ein Jagdgehilfe öffnet mit beiden Händen den Mund der Leiche. Leschitzky steckt einen Apfel in den Mund der Leiche und stellt den*

*Kopf wieder ab. Ein anderer Jagdgehilfe legt ein Tannenreisig in den Nacken der Leiche.*

LESCHITZKY *zu Bley* Was man erlegt hat, muß man ehren. Der Apfel im Maul ist durchaus keine Zierde, wie man vielleicht annehmen könnte. Wenn die Seele des Erlegten den Körper verläßt, braucht sie Nahrung auf ihrer langen Reise. Das Reisig, man nennt es auch den Beutebruch, symbolisiert den Dank des Jägers an sein Opfer.

*Leschitzky hebt den Kopf der nächsten Leiche. Es ist der ägyptische Zeitungsverkäufer. Der Vorgang mit dem Apfel und dem Reisig wiederholt sich. Er hebt den Kopf des türkischen Zeitungsverkäufers. Der Apfel wird in den Mund geschoben, das Reisig in den Nacken gelegt. Er hebt den Kopf des syrischen Rosenverkäufers. Apfel in den Mund, Reisig in den Nacken. Er hebt den Kopf des älteren Mannes, es ist ein Weißer.*

LESCHITZKY Was haben wir denn da? Offensichtlich funktioniert die Wahlscheibe des Gewehres noch nicht so hundertprozentig. Werden wir beheben, werden wir alles beheben.

*Pfarrer Bley starrt das Gesicht des älteren Mannes an.*

BLEY Dieser Mensch ... ich kenne ihn. Ich habe ihn einmal in einem Lokal gesehen. Magda hat mir viel von ihm erzählt. Er heißt Alfred Schönwiese, ein ehemaliger Lehrer. Seine Frau hat ihn vor Jahren verlassen, er ist verrückt geworden.

*Bley nimmt den Kopf des toten Schönwiese in seine Arme.*

LESCHITZKY Lieber Pfarrer. Sie sehen nicht, was ist, Sie sehen, was Sie sehen wollen. Das hier ist eine ordnungsgemäß angemeldete und durchgeführte Jagd. Alles geht weidgerecht vor sich.

*Leschitzky hebt den Kopf der nächsten Leiche. Es ist der Kurde im abgetragenen Straßenanzug. Leschitzky steckt den Apfel in den Mund der Leiche. Der Jagdgehilfe legt das Reisig in den Nacken. Bley stürzt sich auf Leschitzky. Zwei Jagdgehilfen schlagen Bley zusammen – völlig lautlos und wie selbstverständlich. Bley liegt wimmernd am Boden.*

LESCHITZKY Die Tische.

*Die Jagdgehilfen tragen Tische herein und stellen sie über die Leichen. Sie stellen Sessel hinter die Tische. Sie stellen Teller und Gläser auf die Tische. Bley kriecht über den Boden, zur Ausgangstür.*

LESCHITZKY Herr Pfarrer, kommen Sie doch zu Tisch.

*Zwei Jagdgehilfen ziehen Pfarrer Bley hoch und schleppen ihn zu den Tischen. Sie setzen ihn auf einen Sessel. Die Jagdgehilfen bringen Musikinstrumente herein und formieren sich zu einer Gruppe. Sie beginnen ein Jagdlied zu spielen, ein schönes, unaufdringliches Jagdlied. Die Gäste kommen in den Raum, es sind die höchsten Repräsentanten aus Politik und Wirtschaft, insgesamt elf Personen. Leschitzky führt sie an die Tische, sie nehmen Platz. Leschitzky steht in der Mitte und breitet seine Arme aus.*

LESCHITZKY Liebe Freunde! Ich habe Sie zu diesem Jagdmahl gebeten, um in guter Tradition zu handeln. Der Weidmann teilt seine Beute mit seinen Freunden. Essen wir gemeinsam die Beute und ehren wir gemeinsam die Beute. Ihr Blut ist unser Wein, ihr Fleisch ist unser Brot. Ich rufe ein dreifaches Weidmannsheil!

DIE GÄSTE *im Chor* Weidmannsdank!

LESCHITZKY Weidmannsheil!

DIE GÄSTE *im Chor* Weidmannsdank!

LESCHITZKY Weidmannsheil!

DIE GÄSTE *im Chor* Weidmannsdank!

*Leschitzky setzt sich.*

LESCHITZKY Und jetzt, meine lieben Freunde, bleibt mir nur

noch eines. Lassen Sie sich munden, was Wald und Flur zu bieten haben.

*Die Gäste beginnen zu essen. Sie essen von leeren Tellern und trinken aus leeren Gläsern. Es sieht aus, als würden sie die unter den Tischen liegenden Leichen aufessen. Pfarrer Bley starrt auf seinen Teller. Leschitzky schaut zu ihm hin.*

LESCHITZKY Bedienen Sie sich, Herr Pfarrer.

BLEY Mir ist schlecht.

LESCHITZKY *lachend* Da ist einer unter uns, dem das Weidmännische offensichtlich mißfällt. *Er lacht* Ein Judas des Weidwerkes, sozusagen.

*Die Gäste schauen zu Bley und lächeln.*

LESCHITZKY Essen Sie doch, Herr Pfarrer. Sie werden merken, es schmeckt herrlich.

*Die Gäste essen weiter. Die Jagdgehilfen spielen das Jagdlied. Der Journalist Peter Paul Sänger kommt in den Raum. Er hat ein drahtloses Mikrophon in der Hand und geht vor an die Rampe. Er spricht ins Publikum.*

SÄNGER *mit angenehmer Stimme* Zu einem frugalen Jagdessen lud der Industrielle Walter Leschitzky seine Freunde, die Spitzen aus Politik und Wirtschaft. Das Mahl begann mit einem Appetithäppchen, dünngeschnittenes Urkornbrot mit norwegischem Lachs, dazu einen besonders trokkenen Brighton-Sherry. Als Hors d'œuvre wurden Austern gereicht und ein Glas Champagner, Piper Heidsieck, alte Lage. Ein Täßchen Consommé de volaille royale rundete die gastronomische Ouvertüre ab. Für den Fischgang wurde Hummer gewählt, Hummer Bonnefoy nach alter Art, und dazu wurde ein Chablis verkostet, aus der Lage »Monts-de-Milieu«. Als Fleischgang gab es, dem Anlaß entsprechend, gespickten Rehrücken auf Rotkraut, und danach ein Bläßhuhn à la Puccini. Der bei diesen beiden

Gängen gereichte Wein, ein Bordeaux 75 aus dem Château Mouton Rothschild, wurde mit besonderer Zustimmung aufgenommen. Beim anschließenden Käse gab man sich ländlich. Ein Pecorino aus dem Piemont wurde importiert, direkt vom Bauern. Den Abschluß bildete eine Crêpe Suzette mit Portwein, den der Gastgeber eigenhändig bei Sotheby's ersteigert hatte.
*Blackout. Man hört das Jagdlied.*

# 10. Szene

*Das Jagdlied klingt aus. 2 Uhr nachmittags. Im Bahnhof. Man sieht nur Schließfächer, ein Schließfach neben dem anderen. Es sind lauter große Schließfächer, zum Deponieren großer Gepäckstücke. Die Tür des Schließfaches mit der Nummer 306 ist offen. Pfarrer Bley sitzt splitternackt und zusammengekauert im Schließfach. Sein Priestergewand liegt vor den Schließfächern, auf dem Boden. Aus den Bahnhofslautsprechern dringen Zugansagen. Die Orte, die genannten Ankunfts- und Abfahrtszeiten variieren, je nachdem, in welcher Stadt das Stück gespielt wird.*

LAUTSPRECHER Die Hauptstädte im Stundentakt. Zug nach Graz fährt auf Gleis 2 ab. Ankunft Bruck an der Mur 15 Uhr 57. Ab Bruck 16 Uhr. Planmäßige Ankunft Graz 16 Uhr 35. Wir wünschen gute Reise. Achtung Gleis 7. Wiener Walzer nach Basel wird bereitgestellt. Speisewagen sowie Abteile der ersten Klasse befinden sich im vorderen Zugteil. Planmäßige Abfahrt 14 Uhr 30. Über Linz, Salzburg, Kufstein, Innsbruck, Feldkirch, Zürich nach Basel. Planmäßige Ankunft Basel 23 Uhr 55.

*Pfarrer Bley schreit gegen die Lautsprecher an.*

BLEY Der Himmel ist auf die Erde gefallen. Es gibt keine Sünde, es gibt keine Vergebung mehr. Die Menschen haben Gott die Sünde abgekauft, er kann ihnen nichts mehr vergeben. Sie haben die Stützen des Himmels gefällt. Gott ist zu seinen Ebenbildern herabgekommen. Die Säulen des Himmels sind zerbrochen. Der Himmel ist auf die Erde gefallen. Das Himmelreich ist unter uns. Kein Dornbusch brannte, und keine Verkündigung nahm den Menschen den Atem. Niemand rannte, und niemand schrie. Der

Himmel kam langsam auf die Erde, wie die Feder einer Taube vom Turme auf den Kirchplatz fällt, sachte, von niemandem wahrgenommen.

*Rudi kommt in den Bahnhof gerannt. Er sieht Pfarrer Bley und geht langsam auf ihn zu. Man hört weitere Zugansagen.*

BLEY Die Engel des Himmels, Cherubin und Seraphim, unnütz geworden in dieser Welt, irrten umher. Als sie genug gesehen und gelernt hatten, belegten sie Kurse in verschiedensten Instituten. Sie lernten schnell, dienten sich hoch, erschlugen die Schwachen mit ihren Flügeln und fraßen ihnen die Augen aus den Köpfen. Ich habe die leeren Augenhöhlen gesehen.

RUDI *zu Bley* Herr Pfarrer, was war denn beim Leschitzky? Warum sind Sie denn da drinnen?

BLEY Der Himmel ist auf die Erde gefallen und mit ihm alle Gestirne. Sie werden verladen und in Öfen gebracht. Sie strahlen nach einem genauen Plan. Sie erleuchten jeden Winkel dieser Welt. Im Angesicht der strahlenden Öfen blicken wir nach oben und vermissen den Schatten des Himmels.

RUDI Schnell, Herr Pfarrer, wir müssen weg.

*Rudi geht zum Schließfach und will Pfarrer Bley heraushelfen. Bley wehrt sich.*

BLEY Gott ist eingesperrt. Er sitzt in einem großen Haus und wird strengstens bewacht. Er läßt sich vertreten.

*Rudi hebt das Priestergewand auf. Man hört weitere Zugansagen.*

RUDI Ist mir doch egal, was mit Ihnen passiert. Ist mir doch total egal.

BLEY Die Gärten des Himmels, deren Schönheit die Propheten priesen, liegen entwurzelt auf der Erde. Ginster und Granatapfel, Platane und Holunder verdorren nebeneinander. Die letzten Exemplare werden neu gepflanzt und eingezäunt.

*Zwei Bahnhofspolizisten, ein älterer und ein jüngerer, kommen näher. Rudi versteckt sich hinter den Schließfächern.*

DER ÄLTERE POLIZIST *zu Bley* Was ist hier los?

BLEY Maria, die Mutter Gottes, ist eine alte und müde Frau. Sie sitzt in ihrer Wohnung am Stadtrand und wartet auf den Anruf ihres Sohnes. Niemand berührt sie, und niemand wünscht von ihr berührt zu werden. Sie sitzt am Fenster und breitet den Mantel der Barmherzigkeit über ihre frierenden Glieder.

DER ÄLTERE POLIZIST *zu Bley* Steigen Sie da heraus und verschwinden Sie.

*Man hört weitere Zugansagen.*

BLEY *schreit* Jesus Christus, der die Liebe war, ist ein Mörder geworden in dieser Welt. Er hat jegliche Gestalt und jeden Namen. Er schlüpft von einem Menschen in den anderen. Jetzt ist er in mir. Ich bin ein Mörder. Ich habe einen Menschen getötet.

DER ÄLTERE POLIZIST *zu Bley* Ihren Ausweis!

BLEY Der Himmel, ein gefallener Baldachin, liegt zertreten auf der Erde. Er muß noch einmal errichtet werden. Die Sünde muß wieder benannt, die Vergebung muß wieder erfleht werden. Ich muß alle Sünden dieser Welt auf mich nehmen. Ich muß noch einmal den Weg des Kreuzes gehen.

*Der ältere Polizist will Bley aus dem Schließfach zerren. Bley wehrt sich.*

DER ÄLTERE POLIZIST Sie gehen mit aufs Wachzimmer.

BLEY *schreit* Ich bin Jesus Christus.

DER JÜNGERE POLIZIST Und ich bin Napoleon. Ende der Durchsage. Raus hier.

*Der jüngere Polizist zerrt den nackten Bley aus dem Schließfach. Rudi steht hinter den Schließfächern und beobachtet die Szene. Er hält Bleys Priestergewand am Arm.*

BLEY Die Häscher sind ausgesandt und machen sich an ihr Handwerk.

*Der jüngere Polizist macht einen Polizeigriff. Bley stöhnt.*

DER JÜNGERE POLIZIST Erfassen der linken Hand. Hochreißen des Unterarms. Festhalten der Handfläche am Schulterblatt. So geht das.

BLEY Wehre dich nicht gegen deine Peiniger. So steht es geschrieben.

*Der jüngere Polizist verstärkt den Polizeigriff. Bley schreit auf. Rudi kommt hinter den Schließfächern hervor.*

RUDI *schreit* Loslassen! Loslassen!

DER ÄLTERE POLIZIST Gehen Sie weg. Das ist eine Amtshandlung.

RUDI Er soll ihn loslassen!

*Rudi stürzt sich auf den jüngeren Polizisten. Der Polizist stößt ihn weg. Rudi fällt hin. Er springt auf, zieht seine Pistole und schießt auf den jüngeren Polizisten. Der Polizist fällt zu Boden. Rudi legt das Priestergewand um Bleys nackten Körper, nimmt ihn an der Hand und rennt mit ihm davon. Der ältere Polizist kniet neben dem jüngeren nieder. Blut rinnt aus der Schulter des jüngeren Polizisten. Das Bild erstarrt und wird zum Pressefoto. Peter Paul Sänger tritt auf, er hat einen Stab in der Hand und zeigt auf das Pressefoto.*

SÄNGER Das erste Foto vom Attentat. Die Kugel durchschlug die linke Schulter. Hier sehen Sie ganz deutlich das Einschußloch und die Spuren des austretenden Blutes. Weiter.

*Die nächste Projektion erscheint.*

SÄNGER Der Polizistenmörder auf der Flucht. Mit ihm ein offensichtlich geistesgestörter Priester. Die beiden verstekken sich in einem U-Bahn-Schacht. Die Herren neben ihnen sind Journalisten, Kollegen. Es gelingt den beiden, der Polizei zu entkommen. Das nächste Foto.

*Die nächste Projektion erscheint.*

SÄNGER Der Polizist wird operiert. Die Muskelpartie der linken Schulter ist freigelegt. Der Schatten, den Sie hier sehen, ist der linke Lungenflügel. Das Projektil sitzt zwei Zentimeter tiefer. Weiter.

*Die nächste Projektion erscheint.*

SÄNGER Der Polizistenmörder. Die elektronischen Medien haben sich in die Fahndung eingeschaltet. Das Gesicht des Mörders ist in kürzester Zeit landesweit bekannt. Das nächste.

*Die nächste Projektion erscheint.*

SÄNGER Eine Nahaufnahme aus der Intensivstation. Die Augen des Polizisten sind weit geöffnet. Wird er durchkommen? Wir alle bangen um sein Leben. Weiter.

*Die nächste Projektion erscheint.*

SÄNGER Hinter diesem Fenster hat sich der Polizistenmörder mit seiner Begleitung verschanzt. Die Wohnung gehört einer polizeilich bekannten Ladendiebin. Das Haus ist von Spezialeinheiten der Polizei umstellt. Der Mörder befindet sich im Besitz einer FN-Browning Automatik. Die Einsatzleitung steht in ständigem telefonischen Kontakt mit dem Innenministerium. Wir berichten direkt vom Ort des Geschehens.

*Blackout. Man hört die Engelschöre aus der ersten Szene.*

# 11. Szene

*10 Uhr abends. In der Sozialwohnung von Magda Schneider. Die Wohnung wird von Suchscheinwerfern der Polizei erleuchtet. Bleys Kassettenrekorder steht in der Mitte des Raumes. Man hört die Engelschöre. Bley hat sein Priestergewand an, er steht beim Kasten, mit dem Rücken zur Kastentür. Magda Schneider sitzt zusammengekauert in einer Ecke des Raumes und trinkt Schnaps aus einer Flasche. Rudi liegt am Boden, neben den Warenbergen, und überprüft das Magazin seiner Pistole. Schweigen. Man hört nur die Engelschöre, laut, wie in der ersten Szene.*

RUDI Ich halt' diese Wahnsinnsmusik nicht mehr aus. Gibt's keine andere?

*Rudi kriecht zum Kassettenrekorder. Er schaut zu Bley. Bley steht mit ausgebreiteten Armen vor dem Kasten und starrt vor sich hin. Rudi dreht die Engelschöre leiser. Schweigen. Plötzlich hört man eine Megaphonstimme von draußen.*

STIMME Hier spricht die Einsatzleitung. Das Haus ist umstellt. Jeder Widerstand ist zwecklos. Kommen Sie ans Fenster und werfen Sie die Pistole herunter. Haben Sie mich verstanden?

*Schweigen.*

RUDI *lacht.* Wissen die noch immer nicht, wie hart ich bin? Daß ich total hart bin?

*Er kriecht zum Fenster, stellt eine Matratze gegen das Fenster, schlägt mit seiner Pistole eine Fensterscheibe ein, schießt hinunter und geht sofort wieder in Deckung. Von unten wird heraufgeschossen. Fensterglas splittert. Wieder Schweigen. Man hört nur die leisen Engelschöre. Plötzlich hört man wieder eine Megaphonstimme. Es ist die Stimme Pater Manzettis.*

STIMME MANZETTIS Pfarrer Bley, hören Sie mich? Ich bin Pater Manzetti, der Sekretär des Bischofs. Sie erinnern sich an mich? Ich habe Sie vor einiger Zeit besucht, in Ihrer Landpfarre. Wir hatten einen anregenden Diskurs über das Problem der Sünde. Sie vertraten den etwas ausgefallenen Standpunkt, daß man die Sünde suchen müßte, während ich der Meinung war, sie sei das Alltäglichste von der Welt, eine Banalität sozusagen. Bitte glauben Sie nicht, daß ich Sie mit irgendwelchen psychologischen Tricks überreden will, herunterzukommen, aber die Sache ist doch, wie soll ich sagen, völlig sinnlos. Der Junge hat doch überhaupt keine Chance. Sagen Sie ihm, er soll den Revolver aus dem Fenster werfen, und dann wird hier sofort alles abgeblasen. Hören Sie mich, Pfarrer Bley?

*Schweigen. Man hört nur die leisen Engelschöre. Die Suchscheinwerfer der Polizei kreisen über die Wände der Wohnung.*

STIMME MANZETTIS Pfarrer Bley! Ich weiß, Sie haben eine schwere Zeit. Aber bald ist alles vorüber. Kommen Sie ans Fenster. Wir wollen mit Ihnen reden. Der Bischof hat Ihre Jugendarbeit immer hochgeschätzt. Ich kann es Ihnen zwar nicht hundertprozentig versprechen, aber es wäre doch schön, wenn Sie diese Tätigkeit wieder aufnehmen würden. Hören Sie mich, Pfarrer Bley?

*Bley geht zum Fenster und schreit hinunter.*

BLEY Ich muß den Weg des Kreuzes bis zum Ende gehen. Du bist der Teufel, der mich in Versuchung führt.

*Rudi springt auf und reißt Pfarrer Bley zu Boden. Er hält ihn fest.*

RUDI Der ist wahnsinnig. Der ist wirklich wahnsinnig. Stellt sich ans Fenster und gibt die beste Zielscheibe ab.

*Rudi und Pfarrer Bley liegen aneinandergeklammert am Boden. Schweigen.*

BLEY Rudi?

RUDI Ja?

BLEY Ich danke dir.

RUDI Kennen Sie den Film, der noch härter ist als alle anderen? EINER GEGEN ALLE. Der Held ist allein, und die ganze Welt ist gegen ihn. Was glauben Sie, wer gewinnt?

BLEY Du bist nicht allein, Rudi. Ich bin bei dir. Und die Magda auch. Komm her, Magda.

*Schneider kriecht auf allen vieren zu Rudi und Bley. Sie ist vollkommen betrunken. Bley und Schneider streicheln Rudi. Langes Schweigen.*

RUDI Jetzt können sie kommen, soviel sie wollen. Gegen uns haben die keine Chance.

BLEY Ja, Rudi. Gib mir die Pistole.

*Rudi schaut Bley an und lächelt. Er gibt ihm die Pistole. Schweigen.*

BLEY Rudi? Ich gehe jetzt ans Fenster und werfe die Pistole hinunter.

*Rudi starrt Bley an. Er reißt ihm die Pistole aus der Hand, springt auf und stürzt ans Fenster.*

RUDI *schreit* Mich kriegen die nie! Ich bin der Größte! Ich bin der Größte!

*Er feuert hinunter. Einen Schuß nach dem anderen. Von unten wird heraufgeschossen. Eine Kugelgarbe zerfetzt Rudis Brust. Rudi fällt um. Sein Blut rinnt über den Boden. Bley und Schneider knien neben ihm. Langes Schweigen. Schneider kriecht auf allen vieren zum Warenberg.*

SCHNEIDER Komm, Christian, wir gehen.

BLEY Ja, Magda, wir gehen.

*Schneider nimmt eine Tasche und wirft Waren hinein. Bley kriecht zum Warenberg und wühlt in den Waren.*

SCHNEIDER Am Dachboden ist eine Waschküche, und von der geht eine Tür ins Nebenhaus. Und von dort gehen wir nach Italien.

BLEY Weiter, Magda, viel weiter.

SCHNEIDER Nach Griechenland?

BLEY Noch weiter, Magda, noch viel weiter.

SCHNEIDER Auf die Seychellen? Gibt's dort überhaupt Supermärkte? Damit wir was zum Leben haben. Was machst du denn, Christian?

*Bley zieht eine Packung mit Nägeln und einen Hammer aus dem Warenberg. Er steht auf und geht zum Kasten.*

SCHNEIDER *schreit* Nein, Christian, nein.

*Bley nagelt seine rechte Hand an den Kasten. Er schreit.*

BLEY Magda, hilf mir. Ich kann die andere Hand nicht allein annageln. Bitte, hilf mir.

SCHNEIDER *schreit* Christian! Christian!

BLEY Bitte, Magda, du hast einmal gesagt, daß du alles für mich tun wirst. Jetzt mußt du es tun, Magda, jetzt mußt du es tun. Nimm den Hammer. Ich flehe dich an. Bitte.

*Schneider steht auf, nimmt den Hammer und setzt den Nagel an.*

SCHNEIDER Ich kann es nicht, Christian.

BLEY Schließ die Augen, Magda, und schlag zu. Schlag zu.

*Schneider schließt die Augen und schlägt zu. Sie trifft mehrere Male Bleys Arm und schließlich den Nagel.*

SCHNEIDER Ich liebe dich, Christian. Ich liebe dich.

BLEY Ich dich auch, Magda. Ich danke dir. Weißt du, daß du die erste Frau in meinem Leben warst?

SCHNEIDER Das hast du mir schon gesagt, Christian. Ganz am Anfang.

BLEY Und die einzige.

SCHNEIDER Das ist aber schön, Christian. Du bist auch der erste und einzige Mann in meinem Leben. Das stimmt zwar nicht so ganz, aber in meinem Herzen ist es so. *Sie zeigt auf Rudi.* Und er war unser Kind.

BLEY Leb wohl, Magda.

SCHNEIDER *kniet zu seinen Füßen nieder* Leb wohl, Christian.

*Sie steht auf, nimmt die mit Waren gefüllte Tasche und geht zum Fenster.*

SCHNEIDER Jetzt kriegt ihr alles zurück. Wir brauchen nichts mehr.

*Sie nimmt die Waren einzeln aus der Tasche, schaut sie kurz an und wirft sie hinaus. Von unten wird heraufgeschossen.*

SCHNEIDER Orangensaft HAPPY DAY, 6,90. ALMA Rahmkäse, 17,20. OSOLIO Reformöl, 29,90. SIR WINSTON Rasierklingen, 42,90. ERDAL Tubencreme, 32,90. HIMMELTAU Babynahrung . . .

*Eine Kugel trifft sie mitten in die Stirn. Sie fällt um. Langes Schweigen. Man hört nur die leisen Engelschöre. Die Suchscheinwerfer der Polizei kreisen über die Wände der Wohnung. Bleys Augen sind offen. Der Journalist Peter Paul Sänger stürzt herein.*

SÄNGER *schreit* Nicht schießen! Nicht schießen!

*Stille. Man hört nur die leisen Engelschöre. Sänger schaut sich um. Er sieht den gekreuzigten Bley, den erschossenen Rudi und die erschossene Schneider. Er sieht die offenen Augen Bleys. Er geht zu ihm hin und hält ihm ein Diktaphon ins Gesicht.*

SÄNGER Schnell. Sagen Sie alles, was Sie wollen. Erzählen Sie mir Ihr Leben. Das Gerät steht auf Aufnahme.

*Bley schaut Sänger an. Er schließt die Augen und läßt seinen Kopf zur Seite fallen. Sänger stellt das Gerät ab. Er schaut sich um. Er geht zu Rudi, kniet nieder und badet sein Gesicht in Rudis Blut.*

SÄNGER *schreit, voller Hysterie* Journalismus heißt, an der Wirklichkeit dran sein. Total an der Wirklichkeit dran sein.

*Er steht auf, geht an die Rampe und schaut ins Publikum. Das Blut rinnt über sein Gesicht.*

SÄNGER *leer und apathisch* Ich weiß, Sie finden diese Art des Journalismus entsetzlich. Ich auch. Glauben Sie mir, mich widert diese zynische Berichterstattung, diese Kolportagegeschichten über Mörder und ihre Opfer schon die längste Zeit an. Ich habe ein Buch darüber geschrieben. Die Wahrheit über den Sensationsjournalismus. Eine beinharte Abrechnung.

*Er steht da ohne jede Bewegung. Er schaut sich um, stellt den Kassettenrekorder ab und verläßt den Raum. Stille. Die Suchscheinwerfer hören auf zu kreisen. Plötzlich hört man Rudi stöhnen. Er kriecht, ganz langsam, auf Pfarrer Bley zu. Bley öffnet die Augen.*

BLEY Jetzt hätte ich gerne eine Hand frei. Jetzt hätte ich wirklich gerne eine Hand frei.

*Rudi kriecht weiter. Bley starrt zu ihm hin. Der Raum wird von Hunderten von Blitzlichtern erleuchtet. Blackout. Ende.*

# Nachwort

1

»Tod und Teufel« ist ein Passionsspiel. Seine Aussage: das hiesige Leben kennt keine Schuld mehr, und das Vermögen zur Vergebung ist abhanden gekommen. Turrini hat das Passionsspiel als eine Kunstform eingesetzt und die Genrebestandteile weitgehend erhalten: eine von Station zu Station auswegloser werdende Leidensgeschichte, die Klage gegen die Verursacher des Übels, die Lobpreisung der Menschen, die sich opfern. Daß Turrini das Geschehen von der Straße auf die Bühne verlegt hat und die Zuschauer nicht mehrere Tage festhält, ist eine Konzession an die herrschende Spielpraxis, verdichtet aber auch den Gang der Ereignisse. Er mag nicht mehr den Zeitaufwand betreiben, den noch das »Donaueschinger Passionsspiel« betrieben hat (sieben Tage dauerte die Darbietung, das Publikum sollte ein Gefühl dafür entwickeln, wie lange die Woche von Palmsonntag bis Ostern der Hauptfigur, Jesus, tatsächlich geworden ist). Für Turrini liegt der Reiz des Passionsspiels in der Provokation, die heute von dieser Form ausgeht.

2

Vor der Passion liegt ein Wortwechsel zwischen Glaubensstifter und Kirchengründer: »Er aber wandte sich um und sagte zu Petrus: Weg mit dir, Satan! Du bringst mich in Versuchung; denn du meinst nicht, was göttlich, sondern was menschlich ist.« Das Vokabular spricht eine klare Sprache: Versuchung, göttlich, menschlich. Bei Turrini verläuft der Streit, der das Leiden des Helden ankündigt, schon vom äußeren Erscheinungsbild her in anderer Richtung. Pfarrer Bley hat die bislang harmloseste Selbstmordvariante ersonnen: er hat sich am Fuß erhängt. Die Welt bei Turrini ist auf den Kopf gestellt, und der offizielle Repräsentant aus der Glaubensverwaltung erklärt, warum diese Verkehrung eingetreten ist. Selbst die Kirche ist sich untreu geworden. Das Wort Gott und die anderen artverwandten Ausdrücke werden nicht mehr in den Mund genommen. Auch die Kirchenmänner haben sich angepaßt. Anstelle des Lebens werden Überlebenstechniken erprobt. Wer in die Klemme gerät, holt sich Hilfe bei Psychologen oder bei der Kirche. Verrat, Liebe, Untreue, selbst der Tod, alles ist trainierbar. Es kommt nur auf die Fertigkeit an, die eigene Existenz möglichst reibungslos durch den Alltag zu bringen. Wer leidet, ist ein Fall für ein Wiederaufarbeitungslager oder ein Sanatorium, wer liebt, bedarf besonders gründlicher Behandlung, auf Gefühle ist mit sofortiger Analyse und der passenden Atemtechnik zu antworten. Mit dieser am Überfluß verdorrenden Gesellschaft will Pfarrer Bley sich nicht mehr abfinden. Seine Suche nach der Sünde ist die Suche nach dem Göttlichen im Menschen. Pfarrer Bley bricht, und das grundsätzlich, mit dem Leben aus zweiter Hand. Das macht ihn Jesus am Beginn der Passion ähnlich. Wie Jesus ist auch Pfarrer Bley von den Wohlmeinenden nicht mehr zu belehren. Er wird, was zu seinem Charakter nicht paßt, starrsinnig werden. Trost in Form von Beschwichtigungen bedeutet Kapitulation.

3

Gewalt ist das Zauberwort. Gewalt tritt in einem Ausmaß auf, das nicht ohne Einfluß auf den Passionsgang im Stück bleiben kann. Die Gewalt zerstört nicht nur denjenigen, der sie ausübt, wie in der Bibel prophezeit: »Denn wer das Schwert nimmt, der soll durchs Schwert umkommen.« Bedroht werden nicht mehr nur Feinde. Warum er sich wie ein pfeifender Junge im Wald verhält ( innen tiefer Schrecken, nach außen der Unbezwingbare), dafür gibt es Gründe. Rudi findet keine Arbeit, dafür jede Menge an ideellen Werten: Serienfilme aus Hollywood und zur Verfeinerung und Abrundung des Weltbilds: rechtsradikaler Ungeist. Obwohl er zu den Verlierern zählen wird, malen ihm seine Lieblingsfilme und die politischen Kampfgenossen eine blendende Zukunft aus. Er muß nur eines können: zuschlagen. Und seine Aggression darf nur einer Sorte von Menschen gelten: Schwächeren.

Dennoch: Rudi ist ein Heiliger. Ihn erhebt seine Herkunft und seine Mitmenschlichkeit. Die Schule hat erfreulicherweise an ihm ihr Klassenziel verfehlt, er kann andere Menschen in sein Machtspiel nicht mit einbeziehen. Er denkt nur an sich, an seinen Aufstieg, an Geld. Er strebt, Arbeiterkind durch und durch, nach Glück, nach seinem Glück. Das macht ihn gefährlich und stempelt ihn ab.

Trotzdem bleiben Pfarrer Bley und Rudi in Turrinis Passionsspiel Außenseiter, im menschenverachtenden Sprachgebrauch: Sozialfälle. Wie noch von Jesus und Petrus kann von Bley und Rudi auch keine in Ansätzen vergleichbare Provokation für die Oberschicht und für diejenigen ausgehen, die sich im Besitz der Macht befinden. Der Zynismus hat sie blind gemacht. Nicht das Für und Wider des Tötens wird durchdacht, der Tötungsablauf wird immer raffinierter gestaltet. Die Vernichtung der Menschheit hat jeden Schrecken verloren, sie wird mit Genuß betrieben. Selbst der eigene Tod wird bereits als ein Nervenkitzel besonderer Art angesehen, ein Partyjux der erlesenen Sorte.

4

In den traditionellen Passionsspielen soll die Zuschauer viel verklemmte Homoerotik erfreuen. Anders bei Turrini. Was sich im Verborgenen ereignet, zieht er ans Tageslicht: Pfarrer Bley und Rudi sind aneinandergekettet. Den größten Eingriff in die Passionsfolge zieht jedoch eine andere Neuerung nach sich. In der Bibel steht und daran wurde festgehalten: »Und

es waren viele Frauen da, die von ferne zusahen; die waren Jesus aus Galilea gefolgt und hatten ihm gedient; unter ihnen war Maria von Magdala ...«
Für Turrini eine groteske Vorstellung. Warum sollen die Frauen ihrem Idol nur von ferne gefolgt sein, und weswegen soll sich dieses Idol derart gleichgültig gegenüber seinen Anhängerinnen verhalten haben? Turrini räumt mit dieser aus der arabischen Kultur stammenden Einteilung von Männern, denen Aufenthalt in der Öffentlichkeit gestattet ist, und den Frauen, die in den Häusern festgehalten werden, gründlich auf. Maria von Magdala tritt auf. Wenigstens auf der Bühne wird ihr das gleiche Recht eingeräumt, wie es die anderen Figuren für sich in Anspruch nehmen können. Und die Liebe zwischen ihr und Pfarrer Bley öffnet nicht nur die Münder der beiden. Bei Turrini findet die Liebe statt. An der Liebe ist nicht nur das Herz beteiligt, sondern auch tieferliegende Organe. Warum soll ausgerechnet ein Pfarrer anders veranlagt sein? Die riesige Vagina auf der Bühne hat deshalb nichts Obszönes. Sie ist in all ihrer Pracht und Größe ein zartes Symbol für das, was Männer und Frauen aneinander bindet. An dieser Tatsache kann sich auch ein Passionsspiel nicht vorbeimogeln. Es sei denn, der Lüge würde der Vorzug gegeben werden.

5

Den gravierendsten Eingriff in die Passionsspieldramaturgie nimmt Turrini in der Kreuzigungsszene vor. Diese Veränderung ist spektakulär, weil sie die Kreuzigung in ihrer Bildlichkeit weiterführt, was bisher noch nie unternommen worden ist. Keinen Widerspruch hatte die Gleichung ausgelöst: Durch den Kreuzigungstod können sich die Menschen als gerettet betrachten. Im Donaueschinger Passionsspiel verheißen die Verse: »Ir fürsten der hell, tůnd uff die tor / der küng der eren ist dar vor«, daß der Opfertod sich gelohnt hat. Die Sünde ist im Prinzip überwunden. Von diesem christlichen Wechselschritt läßt sich Turrini nicht verführen. Turrini führt vor, welche Folgen der Kreuzigungstod hat, wenn er nicht sofort zu einem religiösen Ereignis stilisiert wird. An dieser Stelle führt Turrini das Passionsgeschehen auf überraschende Weise fort. Die Kreuzigung setzt dem Leid kein Ende, der Opfertod schrumpft bei Turrini zu dem schlichten Tatbestand unterlassener Hilfeleistung. Im entscheidenden Moment kann Pfarrer Bley eine Hand nicht mehr einsetzen. Mit dieser Deutlichkeit ist die Kritik am christlichen Liebesideal bisher noch nicht formuliert worden. Und daß sich Turrini damit auf keinen Nebenschauplatz des heutigen Sozialgeschehens verirrt hat, steht ebenso außer Frage. Die Vorstellungen von gesellschaftlicher Solidarität beruhen noch immer auf der christlichen Tradition. Sie sind nach der Kenntnis von Peter Turrinis Stück als Behauptungsfloskeln aufzugeben. Und die Alternative? Auch die spricht Turrini klar und unmißverständlich aus. Wer Hilfe leisten will, soll Hilfe leisten und sich nicht in Symbole flüchten. Das klingt nach Westentaschenethik, ist es aber nicht. Mit diesem Satz propagiert Turrini eine Moral, die den Menschen dient und keinem höheren Wesen.

Klaus Siblewski

# Peter Turrini

*im Luchterhand Literaturverlag*

**Mein Österreich**
Reden, Polemiken, Aufsätze
SL 811. Originalausgabe
Peter Turrini bezeichnet sich selbst als Heimatdichter. Ein Widerspruch? Gehört er nicht zu jenen Autoren, die aufklären wollen? Seine Reden, Polemiken, Aufsätze seit 1971 sind in diesem Band versammelt, die politischen Einsprüche ebenso wie Stellungnahmen, welche Absichten er mit seinen Theaterstücken verfolgt.

**Die Minderleister**
Luchterhand Theater
136 Seiten. Broschur
»In den Personalbüros der Stahlwerke liegen Listen mit den Namen von Arbeitern, die in nächster Zeit entlassen werden. Auf diesen Listen steht das Wort ›Minderleister‹. Mit diesem Wort verbinde ich den schäbigen Versuch, die Krise in der Stahlindustrie auf Kosten der Schwächsten auszutragen.«
*Peter Turrini*

**Rozznjagd/Rattenjagd**
Ein Stück
Luchterhand Theater
80 Seiten. Broschur
Das Stück erlebte 1971 eine stürmische Premiere und wurde seither von mehr als 150 Bühnen in Europa und außerhalb gespielt. *Rozznjagd* verwendete in Österreich zum ersten Mal Dialekt und zog eine Welle von Dialektliteratur nach sich.